L'AMOVR

A LA

MODE.

COMEDIE.

A PARIS,

Chez ANTOINE DE SOMMAVILLE,
au Palais, sur le deuxiesme Perron
allant à la Saincte Chappelle,
à l'Escu de France.

M. DC. LVI.

AVEC PRIVILEGE DV ROY.

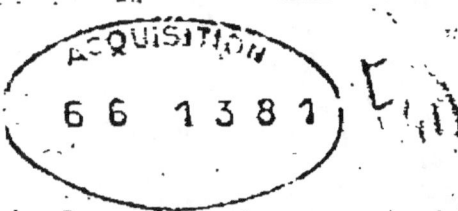

AV LECTEVR.

Oicy vne Comedie d'vn caractere si different de la derniere de ma façon qui l'a precedée sur le Theatre, que quoy qu'elles soient toutes deux du mesme genre, il n'y a guere plus de disproportion du Tragique au Comique, que des extrauagances ridicules de D. Bertran, à l'eniouëment galand d'Oronte, qui fait tout en celle-cy. Ce n'est pas que les folies du premier n'ayent eu assez de partisans pour m'obliger à n'abandonner pas vn stile qui m'auoit si heureusement reüssi ; Mais comme il est bien difficile d'affecter tousiours ce plaisant delicat qui peut diuertir les honnestes gens, sans se mettre souuent au hazard de tomber dans la baßeße, i'ay crû qu'il valoit mieux traiter vn suiet qui sans tenir trop du serieux ne donnast pas tout à la boufonnerie. Ie pense auoir trouué ce milieu dans cette piece, où vous verrez vn personnage d'vne humeur aßez particuliere, & qui bien loin d'estre fort scrupuleux en matiere d'amour, ne regarde la constance que comme vne vertu de Roman; non qu'il se declare aßez ennemy du beau sexe pour luy refuser l'hommage qui luy est legitimement deu, au contraire il s'en acquite auec si peu de reserue dans la moindre rencontre, que iamais personne n'offrit son cœur plus liberalement, mais c'est toutefois auec vne independance qui fait aisement cognoistre que la perte d'vne maistreße ne luy cause guere de mauuaises

nuits, & qu'il a tousiours des remedes
en main contre les surprises que sa
passion luy peut faire. Peut-estre que
quelques-vns comdamneront ses maximes, mais aussi ie me persuade qu'il
s'en trouuera peu qui ne demeurent
d'accord que si sa façon d'aimer n'est
pas la plus parfaite, elle est du moins
la plus commode, & que pour viure
en estime parmy les Dames il suffit
bien souuent de faire porter à la galanterie les liurées de l'amour.

Au reste, ie confesse icy librement
à mon ordinaire, que les Espagnols
m'ont fourny le suiet de cette Comedie aussi bien que des autres, & que
i'en dois l'innention à D. Antonio de
Solis, qui luy a donné le mesme tiltre
de El amor al vso.

A iij

ACTEVRS.

ARGANTE père de Dorotée.

ORONTE Gentilhomme Parisien.

FLORAME amant de Lucie.

ERASTE amant de Dorotée.

DOROTEE fille d'Argante.

LVCIE sœur d'Eraste.

LYSETTE Suiuante de Dorotée.

CLITON valet d'Oronte.

LYCAS valet de Florame.

LISTOR valet d'Eraste.

LA Scene est à Paris.

L'AMOVR

A

LA MODE.

COMEDIE.

ACTE I.

SCENE PREMIERE.

ORONTE, CLITON.

ORONTE.

 S-tu fait mon meſſage ?

CLITON.

Ouy, Monſieur.

ORONTE.

Et ma lettre
Aux mains de Dorotée as-tu ſçeu la remettre ?

CLITON.

En main propre,

A iiij

ORONTE.

D'abord elle aura refusé
D'y voir peint le tourment que ses yeux m'ont causé,
Te l'aura voulu rendre, & feignant...

CLITON.

Au contraire,
Sans se faire prier elle l'a leuë entiere.

ORONTE.

A ce coup le succés a passé mon espoir,
Elle ne me hait pas à ce que ie puis voir ?

CLITON.

Du plus fort de ses traits l'amour pour vous la blesse,
Et vous auez, Monsieur, plus d'heur que de sagesse,

ORONTE.

Ie n'esperois pas tant.

CLITON.

Dans cette amour nouueau
Vous auez vent en poupe, & voguez à pleine eau,
Vous pourrez aller loing si rien ne vous arreste.

ORONTE.

Tu sçais à quels reuers ma fortune est sujette,

CLITON.

Voicy dequoy guerir vne si vaine peur.

ORONTE.

Qu'est-ce ?

CLITON.

Lettre pour lettre, & faueur pour faueur.

ORONTE.

Elle m'a fait réponse ?

CLITON.

Au moins pour vous la rendre
Chez elle assez long-temps elle m'a fait attendre,
Et ce billet enfin entre vos mains remis...

ORONTE.

Ouurons, il m'apprendra quel espoir m'est permis.

Il lit.

Pour prix de vostre amour que vous peignez extreme...

I'auois escrit en vers, elle répond de mesme,
Il n'est rien dont sans peine elle ne vienne à bout.

CLITON.

Les femmes aujourd'huy mettent le nez partout.

ORONTE *lit*.

Pour prix de vostre amour que vous peignez extrême,
Oronte, vous osez me demander le mien,
Quelquefois par bonté i'endure qu'l'on m'aime,
Mais ie presens aussi qu'il ne m'en coûte rien.

Vous donner cœur pour cœur seroit vn auantage
Où le plus grand merite à peine ose aspirer,
Voyez ce que ie vaux, vous m'offrez vostre hommage,
Ie le souffre, dequoy pouuez vous murmurer?

Seroit-ce qu'en effet vostre amour fust si forte
Qu'on la deust estimer digne d'vn plus grand prix?
Faisons vn conte exact, & supputons ce sorte
Que l'vn ny l'autre enfin n'y puisse estre surpris.

Si ces bruslans si âpres qui vous sont ordinaires,
Vous donnent quelque espoir de me mettre à retour,
Croyez moy, cent souspirs souuent ne pesent gueres,
Et n'emportent qu'à peine vn demy grain d'amour.

N'importe, mettez les dedans vne balance,
Et dans l'autre, l'honneur de vous voir dans mes fers,
Iurez de vous tenir à cette experiance,
Et ie vous donneray mon cœur si ie le pers.

Sa réponce est galante autant qu'elle est adroite,
Ma liberté s'y perd, i'y trouue ma défaite,
Et ce charmant orgueil à dessein affecté
N'a pas moins de pouuoir sur moy que sa beauté.

CLITON.

Vous chantiez vn peu haut, elle vous rend le change.

ORONT.

Sa lettre aussi pour moy, Cliton, n'a rien d'étrange.

A. v.

Par ce stille arrogant elle répond au mien,
Ie vantois mon merite, elle vante le sien.

CLITON.

C'est vous payer sur l'heure en la mesme monnoye,

ORONTE.

Pour surprendre mon cœur c'est la plus seure voye,
Cette presomption qu'elle étale à son tour
Ne fut iamais defaut en maritre d'amour,
Vne belle ame seule en peut-estre capable,
Ou si c'est vn defaut, c'est vn defaut aimable.
Quelque superbe humeur que ie témoigne auoir
I'aime qu'vn bel obiet se fasse vn peu valoir,
Qu'il voye auec dedain qu'à l'aimer on s'appreste,
Et mettre à bien haut prix l'espoir de sa conqueste,
Ne montrer dés l'abord ny mépris, ny rigueur,
Bien loin de l'acquerir, c'est mandier vn cœur,
Et ce cœur qui se rend quand on l'en sollicite,
Se donne à la pitié bien plûtost qu'au merite.
Le mien à ses appas se laisse peu toucher,
I'estime seulement ce qui me coûte cher,
Et pour te dire tout la faueur la plus grande
N'est point pour moy faueur à moins qu'on me la vent
de.

CLITON.

Vous auez en amour le goust bien dépraué,
Mais Flore, qu'en est-il ?

ORONTE.

　　　　　　　　Son regne est acheué,
Mon ame à ses rigueurs à la fin s'est soustraite.

CLITON.

Mais vous aimez pourtant, Monsieur, qu'on vous
mal-traite '

ORONTE

Ouy, pourueu qu'vn riual ne soit pas mieux traité,
Et qu'on me fasse voir vne noble herté
Qui semblant s'indigner de mon peu de merite
Loin d'amortir mon feu l'entretienne & l'irrite,

Mais enfin Dorotée à beau dissimuler,
D'vne flame secrete elle se sent brûler,
Et son cœur à l'amour iusqu'icy peu sensible
Veut perdre en ma faueur le tiltre d'inuincible,
I'ose en iuger par moy qui cede à ses appas.

CLITON.

C'est vne verité dont ie ne doute pas.
Graces au Ciel, Monsieur, vous auez l'ame bonne,
Et qui plus est, le don de ne hayr personne.

ORONTE.

Moy?

CLITON.

Vous. Ie vous connoy mieux que vous ne croyez,
Vous en aimez autant comme vous en voyez,
Et c'est pour Dorotée vn bien foible iurelle
Qu'vn cœur à partager auec plus de deux mille.

ORONTE.

C'est en dire vn peu trop.

CLITON.

Ie dis ce que ie voy.

ORONTE.

Pour le moins aujourd'huy n'en aimay-je que trois,
Et mesme de ces trois qui m'ont l'ame charmée,
Comme la plus aimable, elle est la plus aimée.

CLITON.

Le party donc pour elle est encore assez doux,
Si n'en aimant que trois.

ORONTE.

Et taste vn peu d'amour,

Tay-toy.

CLITON.

Sans doute il a quelque chose à vous dire.

ORONTE.

Il le faut aborder.

SCENE II.

ORONTE, ERASTE, CLITON.

ORONTE.

Amy, ie vous vois rire,
La ioye est dans vos yeux
               ERASTE.
                    Et bien plus dans mon cœur,
D'vne fiere beauté i'ay vaincu la rigueur,
Et contre cent mépris mon amour obstinée
Est preste enfin de voir sa flame couronnée.
               ORONTE.
Quoy? vous aimiez, Eraste, & m'en faisiez secret?
               ERASTE.
La vertu d'vn amant c'est d'estre amant discret.
               ORONTE.
Nostre amitié s'en plaint.   ERASTE.
                    Ia mesme m'authorise.
A vous ouurir mon cœur auec toute franchise.
De cette aimable objet qui regle mon destin
I'ay receu pour faueur ce billet ce matin.
Quoy qu'il seble à mes vœux promettre peu de chose,
L'amour de ces faueurs peut seul estre la cause,
Quiconque escrit se donne, ou la sse à presumer,
S'il n'aime pas encor, qu'il n'est pas loin d'aimer.
               ORONTE.
Ainsi donc vostre amour a tout ce qu'il souhaite.
               ERASTE.
Obtiendray-je vne grace & ma ioye est parfaite?
               ORONTE.
Ah, c'est me faire tort qu'en douter seulement,
               ERASTE.
Ie dois vne reponse à ce billet charmant,

Mais fans voftre fecours ie n'y puis fatisfaire,
Il eft écrit en vers, & ie n'en fçaurois faire,
Prenez ce foin fur-vous.

ORONTE.

Le paffé vous fait foy
Que j'ay toûjours efté bien plus à vous qu'à moy,
Ie feray mon poffible à remplir voftre attente.

ERASTE.

C'eft m'obliger, adieu.

SCENE III.

ORONTE CLITON.

CLITON.

LA priere eft galante.

ORONTE.

Apres ce premier pas j'ofe efperer qu'vn iour
Il me priera pour luy d'aller traiter l'amour,
Au moins auec raifon puis-ie tout m'en promettre
S'il luy faut mon fecours pour-écrire vne lettre.
Que t'en femble ?

CLITON.

Si i'ofe en dire mon aduis,
En luy fi c'eft fotife, en vous c'eft encor pis.

ORONTE.

Tu parles franchement.

CLITON.

Auffi, Monfieur, i'enrage
Que vous mettiez pour luy vos talents en vfage
Quand prés de quelque obiet vous iurez quelquefois,
Quoy qu'en pleine fanté d'eftre prefque aux abois,
Et que vous debitez & fleurons & fleurettes
Pour mieux peindre des maux qu'a plaifir vous vous
faites,

Ie n'en murmure point, & ie voy fans couroux,
Du moins fi vous mentez, que vous mentiez pour vous;
Mais qu'vn foible intereft l'emportant fur le voftre
Vous faffe encor refoudre à mentir pour vn autre)
Comme fi c'eftoit peu pour vous de vos pechez.......
Car enfin fçauez-vous fes fen.imens cachez?
S il eft amant, peut-eftre eft-ce à deffein de rire,
Et vous irez iurer, qu'il languit, qu il foûpire...

ORONTE.

I'ay pû m'en exempter, il m'eftoit fort aifé,
Et tout autre qu'Erafte euft efté refufé,
Mais fi ce mefme Erafte eft frere de Lucie,
L'vne des trois beautez dont mon ame eft ravie,
Et fi par vn effet de fon heureux deftin
De Dorotée encore il eft proche voifin,
Puis-ie rien refufer à qui m'eft neceffaire,
Tantoft comme voifin, & tantoft comme frere?

CLITON.

C'eft préuoir de bonne heure à tout & d'affez loin,

ORONTE.

Il n'eft fi fot amy qu'on n'employe au befoin,
De ma facilité c'eft la raifon fecrette,
Mais il faut voir enfin de quel air on le traite,

CLITON.

Peut-eftre s'en rit-on.

ORONTE.

C'eft comme ie l'entens,
Ou s'il eft regalé, que c'eft à fes dépens.

Il lit.

Pour prix de voftre amour que vous peignés extrémes,
Erafte vous ofés me demander le mien;
Quelquefois par bonté i'endure que l'on m'aime,
Mais ie pretens auffi qu'il ne m'en coute rien.
Vous donner cœur pour cœur. ..

*Il prend fon billet & le confronte auec celuy
qu'Erafte luy a laiffé.*

Ay-ie pris l'vn pour l'autre?

CLITON.

Sans doute, où ce billet reſſemble fort au voſtre,

ORONTE.

Iamais telle ſurpriſe à mes ſens ne s'offrit,
C'eſt icy mot pour mot tout ce que l'on m'écrit,
Et ie recognois trop, plus ie les eſtudie,
Si i'ay l'original qu'Eraſte a la copie.
L'écriture eſt ſemblable & ne differe point.

CLITON.

Vous eſtes à peu prés chauſſez a meſme point.
N'importe, Dorotée a beau faire la fine,
Vous l'auez deuiné, tout ſon fait n'eſt que mine,
Et l'orgueil de ſa lettre à deſſein affecté
Tend vn piege ſecret à voſtre liberté.
Elle brûle, & l'amour l'a fait ſeul vous écrire.
Ah, ſi deuant vn maiſtre vn valet oſoit rire....

ORONTE.

Non ie ne pretens point. Cliton t'en empeſcher,
Ry, i'en riray moy-meſme au lieu de m'en fâcher,

CLITON.

Mettez le maſque bas, deſia pour vous j'enrage.
Que ſert à mauuais jeu de monſtrer bon viſage?
Peſtez, le mal redouble à qui ſe contraint tant,
Vous eſtes, ieu mercy, de vous aſſez content,
Et vous voir pris pour dupe où vous penſiez y prendre,
Croyez-moy, c'eſt vn cas, Monſieur, à s'aller pendre.

ORONTE.

La piece eſt delicate, & ie ne cele pas
Qu'vn ſot en ce rencontre eut pouſſé force helas,
Et contre ces aſſauts manquant d'experience
Deſa maligne eſtoile accuſé l'influence.
Mais pour moy qui cognois ce que c'eſt que d'aimer,
De ſemblables reuers ne peuuent m'alarmer:
Si chaque obiet me plaiſt, c'eſt ſans inquietude,
Iamais de preference, & point de ſeruitude,
Toûjours preſt de le perdre, & de m'en détacher
Au moindre euenemem qui me pourroit fâcher,

Ainſi quelque beau feu que ie faſſe paroiſtre,
Pour ne rien hazarder i'en ſuis toûjours le maiſtre;
Ainſi diuers obiets m'engageant chaque iour
Ie me regarde ſeul dans ce traĩc d'amour,
Et chaſſant de mon cœur celuy qui m'incommode,
Si ie ſçay mal aymer du moins i'ayme à la mode.

CLITON.

Conſeruez cette humeur, vous en aurez beſoin.

ORONTE.

Mon déplaiſir, Cliton ne va iamais plus loin,
Si l'vne me trahit, l'autre me tient parole,
Et i'ay dans mon malheur toûjours qui m'en conſole,
C'eſt la l'vtilité d'aimer en diuers lieux.

CLITON.

Hylas tant qu'il vécut ne l'entendit pas mieux.

ORONTE.

Son humeur & la mienne ont quelque difference,
I'aime tant que l'on m'aime, & n'ay point d'incon-
    ſtance,
Mais quand par vn caprice on ſonge à me quitter
Ie ſuis trop mon amy pour m'en inquieter,
Ie voy ce changement ſans que mon cœur s'irrite,
Et remplace aiſement la part qu'on m'en raquite,
Ainſi ie vis heureux tant paye que tenu.

CLITON.

Voſtre cœur à ce conte eſt d'vn bon reuenu.

ORONTE.

Tel qu'il eſt, de beaucoup il attire l'enuie,
Mais i'en dois la moitié tout au moins à Lucie.

CLITON.

En cecy le partage eſt vn eſtrange point.
Donnez-le tout entier, ou ne le donnez point,
Voſtre flame autrement ſera mal écoutée,
Et Lucie agira comme a fait Dorothee.

ORONT.

Ie n'ay pas lieu d'en craindre vn pareil traitement,
Lucie agit toûjours auec iugement,

Sa conduite est reglée, elle est modeste & sage,
Et le plus défiant n'en prendroit pas ombrage.
Ie trouue seulement en elle vn grand defaut.

CLITON.

Quel est-il ?

ORONTE.
Elle m'aime vn peu plus qu'il ne faut.

CLITON.

Et ce defaut est grand ?

ORONTE.
Il est des plus notables.
Les querelles d'amour sont querelles aimables.
Il est beau que l'objet qui nous tient sous sa loy
Quelquefois à dessein soupçonne nostre foy,
C'est par où dans nos cœurs l'amour se fortifie,
Il semble qu'il renaist quand il se iustifie.
Quelque desordre en nous qu'vn reproche ait produit,
Il trouue vn doux remede au pardon qui le suit,
Quelque faueur nouuelle aussi tost l'accompagne,
Et iamais accusé n'y pert tant qu'il y gagne :
Mais lors que d'vn amant on remplit les souhaits,
Comme l'on vit sans guerre on ne fait point de paix,
L'amour triste & pensif va son train ordinaire,
Seruant par habitude on perd tout soin de plaire,
Point de delicatesse , & pour qui vit ainsi
C'est toûjours, Vous ... i z y ie vous ayme aussi.
Qui ne haïroit point ces grossieres pratiques ?

CLITON

Vous y sçauez , Monsieur d'admirables rubriques,
Pour y rafiner tant vous auez bien resvé.

SCENE IV.

ORONTE, FLORAME, CLITON:

FLORAME.

AMy, ie suis heureux de vous auoir trouué,
Ie vous cherchois par tout.

ORONTE.

Que veut de moy Florame?

FLORAME.

Vous découurir enfin les secrets de mon ame,

ORONTE.

C'est intrigue d'amour?

FLORAME.

Vous l'auez deuiné.
Par vn pere à l'Hymen ie me vois destiné,
Et quoy que ie luy montre vne ame irresoluë,
L'affaire de sa part en secret est concluë,
La personne est galante & d'illustre maison,
Mais vne autre beauté captiue ma raison,
Et quoy qu'vn grand obstacle à cette amour s'oppose,
Mon cœur n'est plus à moy si Lucie en dispose.

ORONTE.

Lucie?   ### FLORAME.

Auec raison vous vous en estonnez.

CLITON.

Voila mon galand homme auec vn pied de nez,

FLORAME.

Cette vieille froydeur qui m'éloigne du frere
Semble oster à la sœur les moyens de me plaire,
Mais qu'on s'obstine en vain à rejetter la loy
De qui pour souuerain ne recognoist que soy!
L'amour par tyrannie obtient ce qu'il demande,
S'il parle, il faut ceder, obeïr, s'il commande,
Et ce Dieu tout aueugle & tout enfant qu'il est,

Difpofe de nos cœurs quand & comme il luy plaift.
Ainfi malgré l'effort d'vne haine endurcie,
Ie n'ay pû refifter aux charmes de Lucie,
Quoy que pour arriuer au but où ie pretens,
Mon efpoir le plus doux foit d'efperer au temps?

ORONTE.

Sans doute que d'Etafte il leuera l'obftacle,
Il fait de plus grands coups.

FLORAME.

     l'en attens ce miracle;
Cependant chez Lucie vn fecret rendez-vous
Ce foir offre à ma flame vn entre.ien fort doux,
Sa Suiuante au fignal me doit ouurir la porte.
Ce lieu m'eftant fufpect , daignez m'y faire efcorte;
Aurez-vous ce loifir ?

ORONTE.

     Ouy, ie vous le promets;
Pour feruir vn amy ie n'en manque iamais,

FLORAME.

Ie vous prendray chez vous.

SCENE V.

ORONTE, CLITON.

CLITON.

Elle eft modefte & fage;
Et le plus défiant n'en prendroit pas ombrage,
Sa conduite eft reglée , & fans ce grand défaut,
Qui la fait vous aymer vn peu plus qu'il ne faut,
Elle feroit feconde en qualitez exquifes ?

ORONTE.

Tu vas tout de nouueau debiter cent fottifes,

CLITON.

D'autre que vous iamais elle ne fit de cas ;

Dites encor., Monsieur. que vous n'enragez pas.
ORONTE.
A quel sujet ?

CLITON.
Pourquoy déguiser de la sorte ?
Vous enragez , vous dis-ie , ou le Diable m'emporte,
Verriez-vous sans dépit deux amours auau-l'eau ;
ORONTE.
Leur perte à mon humeur offre vn jeu tout nouueau,
Et dés que ie verray Dorothée ou Lucie....
CLITON.
Quoy , vous leur parlerez ?
ORONTE
Ouy . i'en brûle d'enuie.
C'est là que ie pretens estaler à leurs yeux
Ce que l'art de se plaindre a de plus curieux,
Les soûpirs seuls alors auront pour moy des charmes,
S'ils font trop peu d'effet j'auray recours aux larmes,
Mille sanglots confus seront mon entretien :
Mais j'auray beau gemir mon cœur n'en sçaura rien,
Et feignant qu'en la mort i'espere vn prompt remede
Ie verray sans douleur qu'vn autre les possede.
CLITON.
Pour vous voir à toute heure on ne vous cognois pas,
ORONTE.
Vn peu de patience & tu me cognoistras.
Cependant ce quartier ne m'est pas si funeste
Que ie n'y sçache encor où ioüer de mon reste.
CLITON.
Et vous pensez trouuer qui vous écoutera ?
ORONTE.
Ouy . Cliton . auec joye & quand il me plaira,
Certaine brune hier dedans les Tuileries
Seruit long-temps d'obiet à mes galanteries,
Nous fismes cognoissance . où ie fus assez sot
D'offrir vn diamant dont ie fus pris au mot,
Et toute la faueur que j'obtins de la belle
Fut d'agréer ma main pour la mener chez elle,

CLITON.

Et vous entraftes?

ORONTE.

Non , par certaine raifon
Ie dûs me contenter d'auoir fçeu fa maifon.
Mais aujourd'huy , Cliton elle attend ma vifite,
Et me voudra du mal fi ie ne m'en acquite,
Vien , fuy moy , ce detour nous cache fon logis,

CLITON.

Auant qu'aller plus loin g encor vn mot d'auis,
Elle eft gaye?

ORONTE.

A rauir

CLITON

Et s'appelle?

ORONTE.   Lyfette,

CLITON.

Paffez voftre chemin , voftre vifite eft faite,

ORONTE

Maraut.

CLITON.

Paffez , vous dis-ie . & n'y pretendez rien,
Perfonne n'a qu'y voir.

ORONTE.

Pourquoy ?

CLITON.

Ie le fçay bien?

ORONTE.

Mais elle m'a promis qu'aujourd'huy....

CLITON.

C'eft adreffe

ORONTE.

Tu la connois donc bien ?

CLITON.

Que trop, c'eft ma maiftreffe,

ORONTE,

Elle eft veftuë en Dame,

CLITON.

            A mon plus grand regret.
Ses beaux habits, Monsieur, mangent mon petit faif,
Et comme à plus fournir ma bourse est impuissante,
D'aujourd'huy seulement elle sert de suiuante,

                ORONTE.

Chez qui ?

                CLITON.

            C'est dont ce soir ie dois estre aduerty,
Il est bon cependant que vous preniez party,
Car si tout vostre espoir en Lysette se fonde,
Soyez seur que pour vous il n'en est plus au monde;
Vostre cœur est vacant, & par prouision
Vous le pouuez loüer s'il s'offre occasion.

                ORONTE.

Malgré le rude coup que ce succés luy porte,
Tu le verras bien-tost brigué de bonne sorte.

                CLITON.

Il peut de mille vœux se voir importuné,
Mais qui n'en croira rien ne sera pas damné.
Ne me vantez plus tant desormais vos adresses,
Ce matin mesme encore vous contiez trois maistresses
Qu'il sembloit que pour vous l'amour poussast à bout
Et voila qu'vn moment a fait rafle de tout.

                ORONTE.

Il ne faut pas toûjours iuger sur l'apparence.

                CLITON.

Vous faites bien, Monsieur, de viure d'esperance,
Tout mal semble leger à qui s'en peut nourrir.

                ORONTE.

I'aurois grand tort, Cliton, de n'y pas recourir,
Puisque pour regagner Dorotée & Lucie
Il est & du soupçon & de la ialousie,
Et que pour mettre aussi Lysette à la raison
Vn diamant éclate & que l'or a du son,

Ces remedes souuent sont plus qu'on ne desire,
Mais chez-moy pour Eraste il faut aller escrire,
Vien.

CLITON.

Vous vaincrez par tout si ie m'y cognois bien,

ORONTE.

Laisse faire le temps & ne iure de rien,

Fin. du premier Acte,

ACTE II.
SCENE PREMIERE.

FLORAME LVCIE, LYCAS.

FLORAME.

Qvoy, voir tant de respect d'vn œil toujours seuere?

LVCIE.

Florame, ie ne fais que ce que ie dois faire.

FLORAM..

Quand pourray-ie obtenir vn traittement plus doux?

VCIE.

En cessant de m'offrir ce qui n'est plus à vous.

FLORAME.

Ce cœur bruslé d'amour touche si peu le vostre?

LVCIE.

Ie ne m'enrichis point des dépoüilles d'vne autre.

FLOR.ME.

Quel reproche honteux faites-vous à ma foy?

LVCIE.

Celuy qu vn inconstant doit attendre de moy.

FLORAME.

Doncqués à vos beautez ie rends vn feint hommage?

LVCE.

Il ne m'est pas permis d'en dire dauantage,
Quoy que ie sois d'vn sexe estimé peu discret,
Florame, i'ay promis de garder le secret.

FLORAME.

Quelqu vn auprés de vous me rend mauuais office,

Mai

Mais en vain pour me perdre on vſe d'artifice,
Ie vous aime , Lucie , & le Ciel m'eſt témoin.
LVCIE.
Vous vous iuſtifierez quand il ſera beſoin,
Laiſſez moy ſeule icy , ma gloire ſe hazarde,
D'vn & d'autre coſté ie voy qu'on nous regarde,
Et dans ces lieux enfin vn plus long entretien
M'eſt de grand préjudice & ne vous ſert de rien,
FLORAME.
Que cette retenuë eſt contraire à ma ioye !
I'obeys , mais encore , que faut-il que ie croye !
LVCIE.
Que malgré la rigueur qu'à tort vous m'imputez
Ie vous eſtime autant que vous le meritez.
FLORAME.
Qu'au moins vn peu d'amour ſuiue vne telle eſtime,
LVCIE.
Pretendre au bien d'autruy ſeroit commettre vn crime,
Ie vous l'ay deſia dit.
FLORAME.
Ce diſcours éclaircy.
LVCIE.
Il vous paroit obſcur, ie le veux croire ainſi,
Mais ſi voſtre ame enfin s'en trouue inquietée,
Vous pouuez à loiſir conſulter Dorotée,
Elle en ſçait le myſtere, Adieu.

B

SCENE II.
FLORAME, LYCAS.
DOROTEE.

Tout est perdu,
D'où peut-elle sçauoir cet Hymen pretendu
Où contre mes desirs vn pere me destine ?

LYCAS.

Est-il rien si secret, Monsieur, qu'on ne deuine ?
Peut-estre Dorotée en a fait vanité.

FLORAME.

Non, elle en craint l'issuë aussi de son costé,
Et si si'en puis iuger aux troubles de son ame,
Ce n'est que par deuoir qu'elle accepte ma flame.

LYCAS.

Quel est donc vostre espoir ?

FLORAME.

D'aimer & de mourir
Plûtost qu'au changement ie songe à recourir.
Le recit de mes maux pourra toucher Lucie.

LYCAS.

Ouy, mais où luy parler sans que l'on vous épie ?
Comme son frere & vous, vous estes ennemis,
Chez elle aucun accés ne vous sera permis,
Et la voir seulement au Temple, ou dans la ruë,
Où chacun est témoin d'vne telle entreueuë,
N'est pas pour l obliger d'écouter à loisir....

FLORAME.

Ie ne le voy que trop, & c'est mon déplaisir,
Aussi n'est-ce pas-là que i'ose enfin pretendre,
Qu'apres tant de refus elle voudra m'entendre,
Sa suiuante gagnée à force de presens,
Depuis huit iours prés d elle est de mes partisans,

Et ce soir au signal trouuant la porte ouuerte
Ie hasteray, Lycas, mon triomphe ou ma perte.
Dans sa chambre à ses pieds i'iray dans mon transÂ
    port
Demander vn Arrest ou de vie ou de mort,
Seur de voir aujourd'huy son amour ou sa haine
Par l'vn ou l'autre effet mettre fin à ma peine.
        LYCAS.
Mais quand vos cœurs vnis auroient mesme souhaits,
L'apparence qu'Eraste y consente iamais ?
       FLORAME.
Ces petits differents où pour peu l'on s'engage
Souuent pour s'assoupir veulent vn mariage,
A cela prés, Lycas, poussons l'affaire à bout.
        LYCAS.
S'il arriue d'ailleurs...
       FLORAME.
          Tu mets vn si par tout,
Souffre au moins que l'espoir entretienne ma flame
Mais qui dans cette allée améne cette Dame ?
C'est Dorotée. O Dieu ! coulons-nous doucement.

SCENE III.

DOROTEE, LYSETTE.

DOROTEE.

La promenade est belle & ce lieu fort charmant,
       LYSETTE.
Voicy l'heure à peu prés qu'on y voit le beau monde,
       DOROTEE.
Aux rendez-vous publics d'ordinaire il abonde,
Et sur tout, nos galants prennent soin chaque iour
D'y venir debiter leur gazette d'amour,
C'est à dire, Lysette, autant de menteries.
          B ij

LYSETTE.

Donc le bureau d'adreſſe en eſt aux Tuilleries ?

DOROTEE.

Tu dis vray, c'eſt icy qu'on nous en vient conter,
Et i'y ſuis comme vne autré à deſſein d'écouter.
Les hommes ſont trompeurs, mais quoy qu'on puiſſe
　　　faire,
Il faut quitter le monde, ou taſcher de leur plaire,
Car enfin la beauté n'eſt qu'vn triſte ornement
Si de la complaiſance elle n'a l'agréement.
Les plus charmans attraits qui parent vn viſage
Sans cette qualité n'ont qu'vn appas ſauuage,
Ce ſont treſors cachez qui ne ſeruent de rien.
Pour moy, i'ay ma methode & ie m'en trouue bien,
A plaire aux yeux de tous mon eſprit s'étudie,
Ie tâche d'eſtre belle afin qu'on me le die,
Et fais fort peu d'eſtat de ces dons precieux
Dont le farouche éclat ne frappe point les yeux.
Ce n'eſt pas toutefois que ie ſois ſi facile,
La plainte auprés de moy n'eſt iamais fort vtile,
C'eſt en vain qu'on affecté vne fauſſe langueur,
L'amour par les ſoûpirs n'entre point dans mon cœur,
L'orgueil de noſtre ſexe eſleuant mon courage
D'vn air imperieux i'en ſoûtiens l'aduantage,
Et ne le croyant né que pour donner des loix,
A qui porte mes fers i'en fais ſentir le poids,
Sur les propres deſirs ie regne en ſouueraine,
C'eſt ſans abaiſſement que ie flatte ſa peine,
Et qu'aprés vn long-temps que l'on m'a fait ſa cour
Vn peu d'eſpoir permis eſt le prix de l'amour.

LYSETTE.

Vous vous y gouuernez d'vne eſtrange methode.

DOROTEE.

C'eſt comme il faut aimer pour aimer à la mode,
Pour peu qu'on ſe relâche on expoſe ſon cœur
Aux ſuperbes mépris d'vn inſolent vainqueur.
Vn amant que l'on flatte enflé de ſa victoire
De ſes ſubmiſſions pert bien toſt la memoire,

Pour en auoir raiſon il le faut gourmander,
Et s'il n'eſt à la chaiſne on ne le peut garder.
LYSETTE.
Et dans cette rigueur vous trouuez voſtre conte ?
DOROTEE.
Ie t'auoüeray, Lyſette, auec vn peu de honte,
Mais comme vn iour t'acquiert mon inclination,
Reçoy ma confidence auec diſcretion.
LYSETTE.
Si ce iour eſt trop peu pour vous marquer mon zele,
Le temps vous fera voir que ie vous ſuis fidele,
Et que voſtre ſecret eſt ſeur entre mes mains.
DOROTEE.
Sçache donc qu'aujourd'huy les hommes ſont ſi vains,
Que depuis plus d vn mois peut-eſtre ou dauantage
De trois amans à peine ay-ie receu l'hommage,
Puiſque ſur l'vn des trois la qualité d'époux,
Quoy qu'encore incertaine, attire mon couroux.
En faueur de Florame vn pere m'aſſaſſine,
I'en eſtime le bien, & l'eſprit, & la mine,
Mais par quelques ſermens qu'il m'engageaſt ſa foy,
L'eſclaue me fait peur qui doit eſtre mon Roy.
Eraſte auſſi m'en veut, vn galand d'importance,
Et propre en vn beſoin à mourir de conſtance,
Mais ſi fort hors de mode & du temps de iadis,
Qu'il le diſputeroit à tous les Amadis.
Il eſt vray que depuis la défaite d'Oronte
D'vn triomphe ſi bas efface bien la honte.
LYSETTE.
Ce Caualier vous ſert ?
DOROTEE.
         Quoy, ſçais-tu quel il eſt ?
LYSETTE.
Ie l'entens eſtimer.
DOROTEE.
         Lyſette, qu'il me plaiſt !
L'air en eſt tout galand, la mine peu commune,
Vne humeur enioüée & iamais importune,

L'esprit auffi charmant que le port gracieux,
S'il parle excellemment, il escrit encor mieux,
A son propre merite il doit toute sa gloire,
Et connoist ce qu'il vaut sans trop s'en faire accroire.
Ie sens presque pour luy desia ie ne sçay quoy,
Et s'il continuoit à soûpirer pour moy,
Encor que de mon cœur la garde me soit chere,
Ie pourrois me resoudre enfin à m'en defaire,
Par là iuge, Lysette, où i'en suis aujourd'huy.
    L Y S E T T E *montrant deux billets qu'elle tient.*
L'vn de ces deux billets ne vient donc pas de luy,
Puisque sans demander seulement à les lire...

DOROTEE.

Donne les moy, Lysette, & te prepare à rire,
Estant preste à sortir quand ie les ay receus
Il m'a suffi pour lors d'en lire le dessus,
Mais quoy qu'Oronte ait part à la galanterie,
La piece à mon aduis vaut bien que l'on en rie.
Sçache qu'Erafte & luy m'offrent icy leurs vœux,
Et qu'à la mefme lettre ils repondent tous deux.

L Y S E T T E.

Comment ?

DOROTEE.

            C'est dequoy faire vn assez plaisant conté,
I'écriuois ce matin vn billet pour Oronte,
Et voyant que pour l'autre il sembloit fait exprés,
I'ay voulu l'obliger sur l'heure à peu de frais,
I'ay transcrit le billet, & sans ceremonie
Regalé son amour d'vne belle copie.
Son pauure esprit sans doute y répond de trauers,
Voicy sa lettre, ouurons. O Dieu! ce sont des vers,
I'ignorois qu'il en fit.

L Y S E T T E.

            Ce sont vers de ménage,
Chacun communément en fait pour son vsage.

DOROTEE lit.

Transparents beauté dont le cœur est ouuert...

Le ridicule mot dont ce lourdaut se sert?
Et qui me faites voir iusqu'au fond de vostre ame...
C'est fort bien commencer à depeindre sa flame,
Laissons-là son billet , & voyons le second.
Sans doute en geland-homme Oronte me répond,
Et ie gagerois bien , auant que d'en rien lire,
Que la moindre pensée est digne qu'on l'admire,
Son stile du premier sera bien differend.

LYSETTE.

L'autre croyoit bien dire auec son transparent.

DOROTEE lit.

Transparente beauté ...

LYSETTE.

　　　　Le mot est bon , ie pense,
Puis qu'Oronte luy-mesme vse de transparence.

DOROTEE lit

Dont le cœur est ouuert... Que veut dire cecy ?
C'est le mesme.

LYSETTE.

　　　　En effet ie le croirois ainsi.

DOROTEE.

N'importe , il faut tout voir , & que ie les confronte,
Tien , ly celuy d'Eraste , & moy celuy d'Oronte.

LYSETTE lit.

Transparente beauté dont le cœur est ouuert,
Et qui me faites voir iusqu'au fond de vostre ame,
Ie confesse à ce coup que ie suis pris sans vert
Voyant qu'à peine encor vous y logez ma flame.
　Ie la croyois pour elle vn Palais asseuré
Où vous songiez bien-tost à la traitter en Reyne,
Car enfin i'ay pour vous souffert , gemy , pleuré,
Et ma langueur en est vne preuue certaine.
　Ie ne veux pas pourtant supputer auec vous,
Ce que vous proposez iroit à vostre honte
Si pour chaque tourment dont i'ay senty les coups
Il vous falloit tirer vne ligne de conte.
　De mes bruslans soûpirs vous riez toutesfois,
Quoy qu'en foule souuent vous cognoissiez qu'ils sortét,

B iiij

Voftre cœur toufiours ferme en dedaigne le poids,
Mais tous legers qu'ils font gardez qu'ils ne l'emportẽt,

DOROTEE.

La piece eft concertée, il le faut aduoüer,
Mais Oronte luy feul me fait ainfi ioüer,
Erafte eft trop groffier...

LYSETTE.

Ma penfée eft la voftre.
Enfin fon ftyle eft-il bien different de l'autre ?

DOROTEE.

Sans rien faire paroiftre il faut dés aujourd'huy...;
Mais Dieu , voicy mon pere.

LYSETTE.

Oronte eft auec luy.

DOROTEE.

Comme il te cognoit peu , demeure icy, Lyfette,
J'épieray de plus loin l'heure de fa retraite,
Toy , lors que tu verras partir noftre vieillard,
Ioins Oronte , & l'arrefte en ce lieu de ma part.

LYSETTE *abaiffant fa coiffe,*
Elle me laiffe à faire vn ioly perfonnage.

SCENE IV.

ARGANTE, ORONTE, LYSETTE.

ARGANTE

ENfin i'en ay donné ma parole pour gage,
Dorotée eft promife , & l'Hymen arrefté
Doit bien-toft fous fes loix ranger fa liberté.
Il femble cependant que vous bruftiez pour elle,
Dans la ruë à tous coups vous faites fentinelle,
Vn voifin le remarque , vn voifin en difcourt,
Sur vn amour fi vain , Oronte , tranchez court,
Ie tiendreis à bon-heur de vous auoir pour gendre,
Mais l'affaire d'accord vous n'y pouuez pretendre

ORONTE.

Si dans voſtre quartier on me voit chaque iour,
I'y connoy cent beautez à qui parler d'amour,
Et ce ſeroit en vain que voſtre ame éclaircie...

ARGANTE.

Ie ſçay qu'on parle encor de vous & de Lucie,
Mais comme elle eſt voiſine, & l'honneur delicat,
Ne me contraignez point à faire plus d'éclat,
Et ceſſant pour huit iours ſeulement d'y paroiſtre,
Eſtouffez vn bruit ſourd qui commence de naiſtre.
Adieu, ſongez de grace à me rendre content.

ORONTE.

La remonſtrance eſt belle & l'aduis important.
Combien de viſions accompagnent cét âge ?

SCENE V.

ORONTE, LISETTE.

LYSETTE.

St, st, mon Caualier, tournez vn peu viſage,

ORONTE,

Qui m'appelle ?

LYSETTE.

C eſt moy, ne me voyez-vous pas ?

ORONTE.

Vn nuage importun me cache vos appas,
Et pour moy cette coiffe eſt vn ſupplice extreme.
Eſt-ce ainſi qu'on agit alors que l'on s'entr'aime ?

LYSETTE.

Le compliment eſt doux, & c'eſt bien debuter.
Nous nous aimons l'vn l'autre ?

ORONTE.

Il n'en faut point douter.

B V

LYSETTE.

Et bien, ie le croy donc puisque vous me le dites,
C'est reciproquement l'effet de nos merites,
Mais i'auois iusqu'icy vécu sans le sçauoir.

     ORONTE

Ie suis moy-mesme encor à m'en apperceuoir,
Mais on tient que l'amour par sa toute-puissance
Se glisse dans nos cœurs sans que mesme on y pense,
Et si cette maxime est valable, en ce cas
Nous pouuons nous aimer & ne le sçauoir pas.

     LYSETTE

Vous ne manquez iamais à trouuer vos defaites,
Ce n'est pas d'aujourd'huy que ie sçay qui vous estes,
Et que i'ay reconnu que vostre affection
D'ordinaire est vn peu sujette à caution.
Me trompay-je?

         Elle leue sa coiffe.

    ORONTE.

    Ah, c'est toy, l'agreable surprise,
Lysette, qu'aujourd'huy le Ciel me fauorise!
Te reuoir est vn bien que i'estime....

     LYSETTE.

            Tout doux,
Ie sçay trop de quel bois on se chauffe chez vous,
Escoutez seulement vn message qui presse.

     ORONTE.

Vn message? & de qui?

     LYSETTE.

        C'est de vostre maistresse,

     ORONTE.

Ce sera donc de toy.

     LYSETTE.

     Sans doute, il est bon-là.
Dorotée....

     ORONTE.

    Il suffit, i'entens fort bien cela,

     LYSETTE,

Souffrez...

ORONTE.

Non non , ie voy le sujet de ra plainte,
Pour elle asseurément tu me crois l'ame atteinte,
Mais ne t'alarme point , quoy que l'on t'en ait dit,
Ie luy trouue aussi peu de beauté que d'esprit,
Ses graces la pluspart sont graces empruntées,
Et tu vaux à mes yeux cinquante Dorotées.

LYSETTE.

Vous pensez vous railler , Monsieur, mais sur ma foy,
I'en vaux bien tout au moins vne pire que moy.

ORONTE.

Ie meure si tes yeux n'ont sur moy tel empire
Que.. .

LYSETTE.

I'en croy plus encor que vous n'en sçauriez dire,
Et n'en fais point icy la sucrée auec vous ?
Mon visage a des traits qui ne sont pas si doux,
Mais d'ailleurs leur rudesse est assez reparée
Pour ne me croire pas tout à fait dechirée,
Cet air n est pas tant sot , ce port est peu commun,
Et la coiffe abatuë on me prend pour quelqu'vn,
Voyez.   *Elle abaisse sa coiffe.*

ORONTE.

Ta gaye humeur soûtient ta bonne mine.

SCENE VI.

ORONTE, LYSETTE, CLITON.

CLITON.

N'Est-ce point là mon maistre auecque ma cousi-
ne ?

LYSETTE.

Si Cliton me connoist , que dira-t'il de moy ?

CLITON.

Il faut qu'il lâche prise ou qu'il dise pourquoy.

b vj.

Monfieur, & vifte & toft, i'en fuis tout hors d'haleine,

ORONTE.

Qu'as-tu ?

CLITON.

Defia peut-eftre ils ont gagné la pleine.

ORONTE.

Qui ?

CLITON.

C'eft pour s'aller battre, & vifte à leur secours,

ORONTE.

Et de qui ?

CLITON.

De Florame & d'Erafte.

ORONTE à Lyfette.

l'y cours,

Vn moment me ramene.

CLITON.

Ah , gueuse reueftuë !

Les plumets donc auffi vous donnent dans la veuë !

ORONTE.

Viens donc vifte , Cliton , & marchons fur leurs pas,

CLITON.

C'eft affez que de vous.

ORONTE.

Vien

CLITON.

Moy , ie n'iray pas,

S'il faloit dégainer ?

ORONTE.

Maraut , me veux-tu fuiure ?

CLITON à Lyfette.

On te pare vn beau coup , i'allois t'apprendre à viure,

LYSETTE.

Contre moy fa colere aura peine à tenir,

Mais que fait ma maiftreffe à ne point reuenir,

Il faut l'aller reioindre & vois ce qui l'arrefte,

SCENE VII.

DOROTE *rentrant par l'autre*
costé du Theatre la coiffe abbatuë.

IE ne vois plus paroiſtre Oronte ny Lvſette,
l'épreuue en ce rencontre vn bizare deſtin,
Qu'vn pere m'ait contraint à rebrouſſer chemin,
Et que par vn mépris que ie ne puis comprendre:
Oronte cependant n'ait pas daigné m'attendre,
Mais il reuient.

SCENE VIII.

ORONTE. DOROTEE, CLITON.

ORONTE.

MAraut, s'il t'arriue iamais..
CLITON.
Mais, Monſieur . ſi Lucie..
ORONTE.
Il n'eſt ny ſi, ny mais.
CLITON.
Que faire donc ? par ſigne euſſiez-vous pû cognoiſtre
Qu'elle veut cette nuit vous voir par ſa feneſtre,
Et ſi ie n'euſſe ainſi mis l'alarme au quartier...
ORONTE.
Pourquoy n'attendre pas ?
CLITON.
I'euſſe pû l'oublier,
Vous ſçauez que ie ſuis d'aſſez courte memoire.

L'AMOVR.
ORONTE.

Tay-toy, demeure-là.

CLITON *regardant Dorotée.*
Qui l'eust-iamais pû croire?

L'infame encor l'attend : pauure souffre-douleur !

ORONTE *à* *Dorotée.*

D'vn zele trop aueugle excuse la chaleur,
Noftre alarme eftoit fauffe , & ie reuiens encore
Te iurer que ie meurs pour toy , que ie t'adore,
Qu'en vain de Dorotée on m'ofe croire épris,
Qu'elle n'eft à mes yeux qu'vn obiet de mépris,
C'eft vne beauté fade . & pour moy ie confeffe
Que i'ay peine à la voir fans tomber en foibleffe,

CLITON.

Au Diable deuant moy le mot qu'elle répond.

ORONTE.

Ton obftiné filence à la fin me confond,
Et fans trop de rigueur tu ne peux dauantage
Tenir ainfi caché l'éclat de ton vifage
Dûffent mes foibles yeux s'en laiffer éblouïr,
Il faut....

Il leue fa coiffe.

DOROTEE.
Gardez , Monfieur , de vous éuanoüir,

ORONTE.
Quoy , Madame , c'eft vous ?

DOROTEE.
Qui vous fers de rifée,

CLITON.
Que voy-ie là ? Lyfette eft metamorphofée,

ORONTE.
Le Ciel fçait....

DOROTEE.
Il ne fçay que ce qu'il doit fçauoir,
Et moy ie ne voy rien que ce que i'ay crû voir.
Vous me paroiffez tel que vous deuez paroiftre,
Ie vous reconnois fourbe , & vous le deuez eftre,
Voftre fexe en naiffant en prefte le ferment,

ORONTE.

Ie pourrois appeller de voſtre iugement.
Mais ſi quelques effets démentent nos paroles,
Nous n'en apprenons l'art qu'à hanter vos écoles,

DOROTEE.

Si ie voulois parler de vos legeretez....

ORONTE.

Peut-eſtre dirions nous tous deux dés veritez,
Mais n'écoutez point tant l'ardeur qui vous emporte,
Vous ſçauez ce que vaut vn homme de ma ſorte,
Sans parler de pardon ny de crime commis,
Demeurons quitte à quitte & viuons bons amis.

DOROTEE.

Moy, qu'ainſi ie m'oublie apres vn tel outrage!

ORONTE.

Vous courez le hazard d'y perdre dauantage,
Et refuſant l'accord que i'ay ſçeu propoſer.
Vous aurez de la peine apres à m'appaiſer.

DOROTEE.

De vray, ie ſuis d'aduis que ie vous ſatisface.

ORONTE.

Mais ie vous offre enfin la paix de bonne grace,

DOROTEE

Ce n'eſt pas ſans ſujet que ie ſuis en couroux.

ORONTE.

Ce n'eſt pas ſans raiſon que ie me plains de vous.

DOROTEE.

Témoin ce qu'à preſent vous venez de me dire.

ORONTE.

Témoin ce qu'aujour'huy vous auez ſçeu m'écrire.

OROTEE.

Vous penſiez cajoler vne autre à mes dépens?

ORONTE.

Vous, d'vne double lettre auoir le paſſe-temps?

DOROTEE.

Ne me reprochez point vn ſimple tour d'adreſſe
Par où de voſtre amour i'ay connu la foibleſſe,

Croyant qu'Eraste & vous ne vous déguisiez rien,
Pour guerir mes soupçons i'ay trouué ce moyen,
Et la trahison seule auec trop d'iniustice
Vous en a fait si-tost découurir l'artifice.

ORONTE.

Et ie vous ay porté d'abord de rudes coups,
Non que i'aye ignoré que ie parlois à vous,
Mais ie l'ay fait exprés pour vous faire connoistre
Qu'en fourbant quelquefois on se iouë à son maistre,
Et que si vous songez iamais à me duper
Ie sçauray bien encor par où vous attraper.

DOROTEE.

L'excuse est assez froide

ORONTE.

Examinez la vostre.

DOROTEE.

Enfin, vous m'auez prise & parlé pour vne autre,
Selon les loix d'amour c'est vn crime d'Estat,
Ie n'examine rien apres cet attentat,
Et veux, pour satisfaire à ma gloire offencée,
Vous bannir de mes yeux comme de ma pensée,
C'est vous traiter encor trop fauorablement.

ORONTE.

Il faudra se resoudre à ce banissement,
Mais perdant vn sujet de si haute importance,
Ie préuoy vostre empire en grande décadance,

DOROTEE.

Ie le releueray, perdez en le soucy.

ORONTE.

Vostre seul interest me fait parler ainsi,
Car enfin ie vous aime, & n'ay point d'autre enuie
Que de suiure vos loix tout le temps de ma vie,

DOROTEE.

Et qui m'en répondra?

ORONTE.

Vous, si vous m'écoutez,

DOROTEE.
Voyons donc voſtre fourbe à quoy vous l'imputez.

ORONTE.
L'innocence iamais n'eſt aſſez manifeſte
Qu'alors...

DOROTEE.
Ce ſoir chez moy vous me direz le reſte,
Là pour mieux m'aſſeurer de vos intentions
I'attendray vos reſpects & vos ſoûmiſſions.
Adieu.

ORONTE.
Cette retraite eſt bizarre & bien prompte,

CLITON
Sur le point de ſe rendre elle en a fuy la honte,
Et crû qu'il valoit mieux attendre que la nuit....
Mais ie commence enfin à voir ce qu'elle fuit,
Ne le demandez plus puiſqu'Eraſte s'auance.

SCENE IX.

ORONTE, ERASTE, CLITON.

ERASTE.

AMy, vous puis-ie dire vn mot en confidence?

ORONTE.
Vous ſçauez qui ie ſuis.

ERASTE.
I'ay ſçeu confuſément
Que Florame en ſecret depuis peu fait l'amant,
Par beaucoup de raiſons que ie ne vous puis dire
Ie tâche à découurir l'objet de ſon martyre,
Mais comme j'aurois peine à l'épier toûjours,
Ne me refuſez point icy voſtre ſecours,
Il vous voit, il vous aime, & ie ne ſçaurois croire
Qu'il vous cache vn amour qui ne va qu'à ſa gloire,

De grace, en ma faueur tâchez de le sçauoir.
ORONTE.
Ie vay tout de ce pas y faire mon pouuoir.
ERASTE.
A dieu donc, ie vous quitte.

SCENE X.
ORONTE, CLITON.
CLITON.

Avez vous grande envie
Qu'il sçache que Florame est épris de Lucie ?
ORONTE.
Non, mais de voir Florame, & de luy faire peur
De ce qu'Eraste croit qu'il brûle pour sa sœur.
Ce soir, dis-tu, ie suis attendu de Lucie,
Et s'il craint vne fois qu'Eraste ne l'épie,
Manquant au rendez-vous de peur de tout gâter,
Ie seray libre alors d'aller luy protester.
CLITON.
Mais l'autre rendez-vous comment y satisfaire,
Car Dorotée enfin pretend....
ORONTE.
Laisse-moy faire,
Tu me verras, Cliton, mettre bon ordre à tout,
Quand j'en aurois vn cent, j'en viendrois bien about.

Fin du second Acte.

ACTE III.
SCENE PREMIERE.
ORONTE, CLITON.
ORONTE.

Tv ne dis mot, Cliton, quelle melancolie
Fait qu'auec moy ce soir ta belle humeur
    blie ?
Ie t'entens soûpirer, & te plaindre à tous coups.

CLITON.

Ah, Monsieur, que ne suis-ie aussi content que vous ?

ORONTE.

Il est vray qu'affranchy d'accompagner Florame
Qui manque au rendez vous où l'appelloit sa flame,
Ie vay de mon costé l'esprit assez content.

CLITON.

Ie voudrois bien, Monsieur, en pouuoir dire autant.
Mais d'vn étrange mal ie sens la rude attaque.

ORONTE.

De quel mal ?

CLITON.

    Mon honneur est hypocondriaque.
Et ce mal d'autant plus me tient auant au cœur
Que peu de Medecins sçauent guerir l'honneur.

ORONTE.

Ie te croy ; mais, Cliton, confesse-moy la debte.
Tu te fâches de voir que ie serue Lysette ?

CLITON.

Au contraire, Monsieur, si ie suis en couroux
C'est bien plûtost de voir qu'elle se sert de vous.

ORONTE.

Simple, ne vois-tu pas que c'est ton auantage
Qu'à ses perfections ie daigne rendre hommage,
Que par là son merite est en son plus beau iour,
Et que ma passion annoblit ton amour?

CLITON.

C'est ce que j'apprehende, & que par vostre adresse
Vous ne m'alliez donner des lettres de Noblesse,
I'ay peu d'ambition, Monsieur, & franchement
Ie me passerois bien de l'annoblissement.

ORONTE.

C'est fort mal reconoistre vne faueur si grande.

CLITON.

Vous m'en faites cent fois plus que ie n'en demande.

ORONTE.

Va, ne te fâche point, auant qu'il soit huit iours.
Ie pourray te laisser paisible en tes amours,
Ce temps en ma faueur fera bien des miracles,
Et de ma part alors tu n'auras plus d'obstacles.

CLITON.

Tandis pour m'obliger iusques à ce beau iour,
Vous me ferez l'honneur d'annoblir mon amour?
Ie vous deuray beaucoup.

ORONTE.

      Plus que tu ne peux croire,

CLITON.

Ves generositez vous mettront dans l'Histoire.

ORONTE.

Cliton, sans la flater, Lysette a des appas
Dont quelque effort qu'on fasse on ne se défend pas,
A toute autre beauté mon amour la prefere,
Et comme elle me plaist autant qu'elle peut faire,

Croy que c'eſt en vſer aſſez modeſtement
Que de te l'emprunter pour huit iours ſeulement.

CLITON

Puiſque vous y trouuez de ſi grands auantages,
Prenez-là pour toûiours & redoublez mes gages,
Auſſi bien d'aujourdhuy j'en ſuis fort dégouſté :
Vous auez à tel point enflé ſa vanité,
Que par mépris l'infame oubliant ſa promeſſe
Ne m'a point aduerty du nom de ſa maiſtreſſe.

ORONTE.

Quoy, maraut, eſt-ce-là le reſpect que tu dois
A celle dont mon cœur pour aimer a fait choix ?

CLITON.

Ah, i'ay tort. mais, Monſieur, quoy que ie la reuere
Comme vn objet fameux pour auoir ſçeu vous plaire,
Et qu'apres le haut rang où voſtre amour la met,
Ie n'en doiue parler que la main au bonnet,
Si dans quelque logis iamais ie la rencontre,
Ou qu'en paſſant chemin le hazard me la montre,
Ne pourray-ie point lors en toute humilité,
Auec tous les reſpects deus à ſa qualité,
Pour la remercier de ſes humeurs gaillardes,
Luy donner ſeulement trois ou quatre nazardes ?

ORONTE.

Alors tu pourras prendre aduis de ton couroux;
Mais c'eſt icy le lieu de mes deux rendez-vous,
Et ie ſuis fort trompé ſi ie ne voy paroiſtre,
malgré l'obſcurité, Lucie à ſa feneſtre.
Cliton, qu'elle me plaiſt !

CLITON.

Mais Lyſette encor plus ?

ORONTE.

Non pas quant à preſent.

CLITON.

Vous me rendez confus,
Pour le moins Dorotée.....

ORONTE.

Encor moins que Lyfette.

CLILON.

Ie ne fçay donc comment vous auez l'ame faite,
Tout maintenant.....

ORONTE.

Vois tu, dans mon affection
Ie me repais fort peu d'imagination.
La beauté la plus viue & la plus éclatante
Ne me chatoüille plus fi-toft qu'elle eft abfente.
Mille attraits furprenans pourront m'auoir bleffé,
Qu'à trente pas de là c'eft autant d'effacé,
D'vn moindre éclat prefent mon ame poffedée
Ne conferue aucun trait de fa premiere idée,
Et comme, quelque objet dont ie fuiue la loy,
Ie ne l'aime iamais que pour l'amour de moy,
Mon cœur prend aifément vne forme nouuelle,
Et celle que ie vois eft toûjours la plus belle.

CLITON.

Donc, Lyfette ceffant de s'offrir à vos yeux....

ORONTE.

Celles que ie verrois me plairoient beaucoup mieux,
Mais il faut s'auancer, & la voix adoucie
Montrer vn cœur foûmis aux charmes de Lucie.

CLITON.

Quand vous faites deffein de luy parler fi doux,
Vous fouuenez-vous bien que vous eftes jaloux ?

ORONTE.

Tu me fais à propos fouuenir de mon rôle,
Ie vay fur le plaintif accorder ma parole.

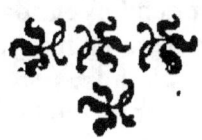

SCENE II.

ORONTE, LVCIE, CLITON.

ORONTE.

Estes-vous là, Madame ?

LVCIE à sa fenestre.
Est-ce Oronte ?

ORONTE.

Ouy , c'est moy,
Qui vous reprocherois vostre manque de foy
Si ie ne vous croyois trop iuste & raisonnable
Pour perdre vn malheureux s'il n'estoit pas coupable.

LVCIE.
Oronte , prenez-vous plaisir à m'alarmer ?
Moy , ie vous puis trahir, & ne vous plus aimer !

ORONTE.
Ah , ne presumez pas que ie m'en ose plaindre,
Ma douleur par respect sçaura mieux se contraindre,
Pour grāds que soiét les maux dont ie ressens les coups,
Ils me sont precieux puisqu ils viennent de vous,
Posseder vostre cœur m'estoit vn bien insigne,
Vous m'en voulez priuer, ie n'en estois pas digne,
Ie viens de vostre bouche en écouter l'arrest,
Et luy sacrifier mon plus cher interest,
Heureux si mon malheur ayant fait tout mon crime,
Vous m'ostiez vostre amour sans m'oster vostre estime.

LVCIE.
Quelle mortelle atteinte à ce cœur amoureux !
Vous parlez de coupable & puis de malheureux,
Ah , ne me tenez point en suspens dauantage,
De grace , expliquez mieux vn si triste langage,
Et du moins pour vous plaindre auec quelque couleur,
Sçachons quel est ce crime ou quel est ce malheur.

ORONTE.

Vous souffrez qu'en secret vn riual vous adore,
Mon malheur, le voila, mon crime, ie l'ignore,
Mais ie ne me puis voir si-tost abandonné
Sans m'estimer coupable autant qu'infortuné,
Car enfin ie croirois meriter mon supplice
Si ie vous soupçonnois de la moindre iniustice.
De vostre changement ie n'accuse que moy,
Vous m'auez deû punir, mais ie ne sçay pourquoy,

LVCIE.

La surprise où me iette vn reproche semblable...

ORONTE.

Ah, c'est trop differer à perdre vn miserable,
Chercher à l'adoucir c'est redoubler mon mal.
Dites qu'on me prefere vn plus digne riual,
Que c'est par mes defauts qu'éclate son merite,
Que de vos premiers feux vostre gloire s'irrite,
Qu'afin de m'aduertir de vostre nouueau choix
Vous me souffrez icy pour la derniere fois,
Et que loin de vos yeux, pour plaire à vostre enuie,
Ie dois aller trainer ma deplorable vie.
Ce coup à mon amour sera rude, il est vray,
Mais dûssay-ie en mourir, ie vous obeïray,
Auec tant de respect que ma triste presence
Ne vous reprochera iamais vostre inconstance,
                    à Cliton.
Ioüay-ie bien mon rôle ?

CLITON.

                    Admirablement bien,
Vous seriez au besoin vn grand Comedien.

LVCIE.

Ce discours me surprend iusques à me confondre,
I'en perds la liberté mesme de vous répondre,
Et ne vois aucun iour à me iustifier
Vous oyant plaindre ainsi sans rien specifier.
Si i'ose toutefois dire ce que i'en pense,

                                        Vostre

Voſtre douleur, Oronte, a beaucoup d'éloquence,
Et ie la croirois moins, quoy que vous m'ayez dit,
L'effet d'vn cœur atteint qu'vn ieu de voſtre eſprit,
La douleur veritable, encor que violente,
N'a pour ſon truchement qu'vne œillade mourante,
Elle fuit du diſcours le détour odieux.
Et c'eſt par les ſoûpirs qu'elle s'explique mieux.
Mais enfin, s'il eſt vray que ie ſois vne ingrate,
Nommez-moy ce riual pour qui ma flâme éclatte,
Et pour ne rien obmettre à conuaincre ma ſoy,
Dites quelles faueurs il a reçeu de moy.

        -ORONTE.

Vous côtraindrez long-temps les ſecrets de voſtre amie
Si pour les découurir vous attendez Florame,
Quoy qu'il montre pour vous beaucoup de paſſion
Il manquera ce ſoir à l'aſſignation,
Quelque obſtacle impréueu ſempeſche de s'y rendre,
Et c'eſt ce que demain il viendra vous apprendre.

        LVCIE.

Il ſuffit, c'eſt donc là ce qui vous rends ialoux ?
A Florame aujourd'huy i'ay donné rendez-vous ?

        ORONTE.

Ie l'en ay veu tantoſt dans vne ioye extréme,

        LVCIE.

Vous le ſçauez de luy ſans doute?

        ORONTE.

                De luy-meſme,
Mais helas, iuſqu'où va voſtre aueugle rigueur !
Vous vouliez deuant moy luy donner voſtre cœur,
C'eſt peu que voſtre amour comble le ſien de ioye,
Pour mourir de douleur il faut que ie le voye.

        -LVCIE.

A vos lâches ſoupçons n'auoir rien refuſé,
C'eſt meriter fort peu d'eſtre deſabuſé,
Et toute autre en ma place apres vn tel reproche.....
        bas.
Mais ie penſe entreuoir vn homme qôi s'approche,
C'eſt mon frere, ſans doute, il faut diſſimuler,

                   C

haut.

Vous ne pourrez, Monsieur, aujourd'huy luy parler,
Car enfin ie ne puis precisément vous dire
A quelle heure de nuit mon frere se retire,
Tous les soirs il me quitte & ne reuient que tard,
Adieu.   *Elle ferme la fenestre.*

ORONTE.

Quel contre-temps !

CLITON.
                              Il est assez gaillard.

ORONTE.

Pour en trouuer la cause enfin ie m'examine.

CLITON.

Pour fin que vous soyez, Monsieur, on vous afine,
L'on reconnoist la feinte auec quoy vous parlez,
Et l'on vous plante là pour ce que vous valez,

ORONTE.

Tay-toy, i'entens quelqu'vn.

SCENE III.

ORONTE, FLORAME, CLITON.

CLITON.

Qvi viue ?

FLORAME.
                              Amy d'Oronte,

C'est Florame.

ORONTE.
          Tant pis, ce n'est pas là mon conte,
Quoy, vous icy ? tantost nous auions concerté
Que . . . .

FLORAME.
          I'y viens seulement par curiosité,
Par certain mouuement d'vne secrete enuie

Sans deſſein toutefois de parler à Lucie,
Mais ie la viens d'oüir qui vous diſoit Adieu?

ORONTE.
Ouy.

FLORAME.
Quel ſujet ſi tard vous améne en ce lieu?

ORONTE.
L'ardeur de voir Eraſte auecque diligence,
Et de vous ſoulager dans voſtre impatience,
Sçar que quelques ſoupçons qu'il ait de voſtre amour,
Pour l'en guerir ſur l'heure il ne faut qu'vn détour,
Ma peine cependant s'eſt trouuée inutile,
Et i'apprens de ſa ſœur qu'il eſt encore en ville.

FLORAME.
Sans luy nier que i'aime, il eſt d'autres moyens...

ORONTE.
Quels?

FLORAME.
I'y reſve,

ORONTE.
Cliton, voy-tu bien que i'en tiens?
Lucie aime Florame, & pour le ſatisfaire,
Le voyant, elle a feint que ie cherchois ſon frere,
Qu'il fait bon ſe fier à ce ſexe changeant!

CLITON.
La meilleure en effet ne vaut pas grand argent.

FLORAME.
Pour voir ſur quelque objet ſa croyance arreſtée
I'aime mieux hazarder le nom de Dorotée,
Peignez-luy ſon amour ſi fort ſur mon eſprit...

ORONTE.
Qu'eſperez-vous par là?

FLORAME.
Tout, s'il l'aprofondit,
Il pourra découurir qu'elle m'eſt deſtinée.

ORONTE.
Eſt-ce elle dont pour vous on traite l'Hymenée?

C ij

FLORAME.

Elle-mesme, iugez s'il me doit importer....

ORONTE.

Amy, de chez Lucie on peut nous écouter,
Esloignons-nous, ailleurs vous sçaurez ma pensée.

CLITON à Oronte.

Du second rendez-vous l'heure sera passée,
Songez à vous, Monsieur.

ORONTE.

N'en sois point en soucy,
Ie sçauray m'en défaire à trente pas d'icy.

SCENE IV.

DOROTEE, LYSETTE.

DOROTEE.

I'Espere voir par là sa fourbe découuerte,
Mais qu'il tarde à venir !

LYSETTE.

La porte est entr'ouuerte,
Et d'icy là dehors la lumiere paroit.
Croyez-vous qu'il y manque ou qu'il passe tout droit ?

DOROTEE.

Ne pouuant me payer que d'vne foible excuse,
Il peut....

LYSETTE.

Non, en tel cas qui ne dit mot s'accuse,
Il a l'esprit t op bon pour en demeurer là.

DOROTEE.

Que te dit-il, Lysette, alors qu'il te parla ?

LYSETTE.

Que vous le rauissiez, qu'il vous alloit attendre,
Et peut-estre à dessein s'est-il voulu méprendre.
Encor qu'en croyez-vous tout de bon ?

DOROTEE.

Ie ne ſçay,
Mais il eſt excuſable enfin s'il m'a dit vray,
Et ſi c'eſt vne fourbe, il l'a ſi bien conduite
Que ie brûle de voir quelle en ſera la ſuite.
Cependant ie ne ſçay ce qui doit m'arriuer,
Ie me cherche en moy meſme, & ne me puis trouuer,
Mais la porte a fait bruit.

LYSETTE.

C'eſt Oronte ſans doute,

D'OROTEE.

Va fermer aprés luy de peur qu'on nous écoute.

LYSETTE *bas.*

Me trouuant auec elle, il ſera bien ſurpris

SCENE V.

DOROTEE, ERASTE, LYSETTE.

ERASTE.

Bjet le plus charmant dont on puiſſe eſtre épris,

DOROTEE.

Eraſte, où venez-vous, & qu'elle eſt voſtre audace ?

LYSETTE.

Voicy bien du ménage, vn autre a pris ſa pla

ERASTE.

Trouuant la porte ouuerte & vous oyant,
A cette aimable voix l'amour m'a fait voi.

DOROTEE.

Mon pere que j'attens la fait tenir ouuerte,
Retirez-vous, de grace, ou vous cauſez ma
Il eſt icy tout proche, & reuiendra ſoudain.

ERASTE.

Helas !

C iij

DOROTEE.

Ah, remettez vos helas à demain.

ERASTE,

Quoy, sans compassion...

DOROTEE.

         Mais ie l'ay de moy-mesme,
Car enfin ie me vois dans vn peril extréme,
Le temps presse, sortez, qui vous peut arrester ?
Vous estes né, ie croy, pour me persecuter,
Me regarderez-vous toûjours sans me rien dire ?

ERASTE.

Qu'est-ce qu'on ne dit point alors que l'on soûpire ?

DOROTEE.

Ce n'est pas bien mon ieu d'écouter des soûpirs
Quand j'en ose préuoir de si grands déplaisirs,
Sortéz viste, vous dis-ie, & vous coulez de sorte
Que... mais il est trop tard, ie l'entens à la porte,
Il frape, & bien voyéz, que fera-t'on de vous ?

ERASTE.

Ie suis prest, s'il le faut, d'essuyer son couroux,

DOROTEE.

Que plûtost mille fois....

LYSETTE.

         Pour vous tirer de peine,
Iusqu'au fond du jardin souffrez que ie le méne,
Là, vous n'en craindrez rien.

DOROTEE.

         L'aduis est assez bon,
Va, mais ouure en passant.

SCENE VI.
ORONTE, DOROTEE.

ORONTE.

DEmeure là, Cliton,
Oronte entre seul, & Cliton demeure à la porte.
Quoy, tout est disparu, certes cela m'étonne,
I'oyois icy du bruit, & n'y vois plus personne,
En vser de la sorte est fort mal proceder,
Ie ne suis pas venu pour vous incommoder.

DOROTEE.

Il semble qu'aujourd'huy vous m'ayez entreprise.

ORONTE.

Mon humeur est d'agir toûjours auec franchise,
Et i'ay peine à souffrir qu'auecque tant de soin
Vous vous cachiez de moy sans qu'il en soit besoin,
Quel que soit ce galand qu'il paroisse, n'importe,
Ma passion pour vous n'en sera pas moins forte,
Ce seroit mal répondre à ce que vous valez,
Que ne vous pas aymer comme vous le voulez,
Le change a des attraits capables de vous plaire ?
Ie vous dois adorer inconstante & legere,
Autrement m'opposant à l'humeur qui vous plaist,
Ie ne regarderois que mon seul interest,
Et confondant l'amour par vn abus extréme,
Bien loin de vous aimer, ie m'aimerois moy-mesme.

DOROTEE.

C'est fort bien vous tirer d'vn pas assez glissant
Que venir m'accuser pour vous faire innocent,
Le trait est d'habile homme & bien digne d'Oronte.

ORONTE.

Vn reproche si doux ne vous fait point de honte.

C iiij

DOROTEE.

Vos sentimens pour moy sont hauts & releuez;

ORONTE.

Mais ie vous vois agir comme vous le deuez,
Car enfin parmy nous il n'est point de merite
Qui d'vn plus ferme amour ne vous confesse quitté,
De tous costez en foule on vous offre des vœux,
Il n'appartient qu'à vous à faire des heureux,
Et ie tiens qu'en effet vos graces sont perduës
Quand sur vn seul objet elles sont épanduës.
Vn tresor si charmant, d'vn prix si releué,
Ne fut iamais vn bien pour vn seul reserué ?
Pour moy dont vos beautez ont captiué l'hommage,
I'aspire à vostre cœur, mais ce n'est qu'au partage,
Ie ne le pretens point posseder tout entier,
Et me contenteray de seruir par quartier.

DORTTEE.

Parlons plus clairement, que me voulez-vous dire,

ORONTE.

Qu'vn riual auant moy vous contoit son martyre,
Et que si vous auez ensemble à conferer,
Ie n'y mets point d'obstacle, & vay me retirer.

DOROTEE.

De cette lâcheté vostre esprit me soupçonne.
Qu'autre que vous chez moy....

ORONTE.

I'ay l'oreille assez bonne,
Et discerne aisément dans la voix que i'entens,
Si.....

DOROTEE.

Vous auez raison, i'aurois bien pris mon temps,
Vous n'auiez pas de moy ce soir parole expresse ?

ORONTE.

Pour satisfaire à tout vous auez trop d'adresse,
Et par vn seul billet qui sçait répondre à deux
Peut d'vn seul rendez-vous exaucer bien des vœux.

DOROTEE.

Quoy sur ce fondement vos lâches défiences,

ORONTE.

Non non, i'en parle encor fur d'autres apparences,
En frapant , certain bruit m'a fait iuger d'abord
Que ce feroit hazard fi ie vous plaifois fort.
On marchoit , on parloit , & fi ie ne m'abufe
I'ay pû mefme entr'oüir dans vne voix confufe,
Le voilà , ie l'entens , qu'eſt-ce qu'on en fera ?
Ie n'en croiray pourtant que ce qu'il vous plaira.

DOROTEE.

Et ie prendrois plaifir à vous laiffer tout croire
Si ce honteux foupçon n' offençoit pas ma gloire,
Mais apprenez enfin , pour ne vous tromper pas,
Que i'auois fait tenir ma fuiuante icy bas,
Et que tandis qu'en haut i'auois l'œil fur mon pere,
Mais la voicy qui vient éclaircir ce myftere.

SCENE VII.

ORONTE , DOROTEE, LYSETTE.

DOROTEE.

Lyfette , approchez-vous.

LYSETTE.

Dieu, qu'eſt-ce que ie voy ?

Lyfette fert icy ?

DOROTEE *bas à Lyfette.*

Prens la faute fur toy,

Il m'importe.

ORONTE.

Voicy mes amours euentées.

LYSETTE *bas à Oronte.*

Vaux-ie encore à vos yeux cinquante Dorotées ?

DOROTEE.

Qui vous entretenoit quand Oronte à frapé ?

C v

LYSETTE.

Moy?

DOROTEE.
Vous mesme, croyez qu'on ne s'est point trompé.

LYSETTE.

Me prend-on.....

DOROTEE.
Point d'excuse.

LYSETTE.
Ah, ma chere maistresse,

DOROTEE.

Vn galand vous parloit icy ?

LYSETTE.
Ie le confesse.

Cliton commence à paroistre aussi-tost qu'il
entend la voix de Lysette.

Nous auons l'vn pour l'autre vn peu d'affection,
Mais par ma foy, ce n'est qu'à bonne intention,
Il sera mon mary.

SCENE VIII.

ORONTE, DOROTEE, CLITON, LISETTE.

CLITON.

AA , ah ; bonne hypocrite,
Ton mary !

LYSETTE.
Quoy, Cliton !

ORONTE *à Cliton qui prend la*
chandelle de dessus la table.
Où t'en vas-tu si viste,

Dy ?

CLITON.

Chercher ce mary qu'on s'est attribué;
Ie reuiendray si-tost que ie l'auray tué.

ORONTE.

Arreste ta folie.

CLITON.

Ah, dans mon infortune.

ORONTE.

Console-toy, Cliton, la chance en est commune.

DOROTEE.

Estes-vous satisfait ?

ORONTE.

Ouy si vous le voulez.

ARGANTE *derriere le Theatre.*

A la porte, Lycante, ou nous sommes volez.

CLITON.

Monsieur, nous voila pris.

DOROTEE.

O disgrace mortelle !
Mon pere vient icy, prens viste la chandelle,
Et te coule auec moy dans mon appartement.
Vous, sauuez mon honneur.

CLITON.

Diable, du sauuement,
Elle nous laisse seuls.

ORONTE.

Il y va de ma gloire.
De voir...

CLITON.

Gagnons au pied si vous m'en voulez croire,
Autrement il viendra quelque méchant garçon
Qui nous étrillera de la bonne façon,
Mais c'en est desia fait.

SCENE IX.

ARGANTE, ORONTE, CLITON.

ARGANTE *l'épée à la main.*

QVe vois-ie ? c'est Oronte ?
O fille dont l'amour me couurira de honte !
Meurs, lâche suborneur.

ORONTE.

Moderez ce couroux.

CLITON *à genoux deuant Argante.*

'Auant que nous tuer, Monsieur, écoutez-nous.

ARGANTE.

Quelle excuse iamais...

ORONTE.

La mienne est trop valable,
Pour estre malheureux ie ne suis pas coupable.
Des beautez de Lucie éperduement épris,
Cette nuit auec elle Eraste m'a surpris,
Et ne pouuant alors mieux faire l'vn ny l'autre,
Des murs de son iardin i'ay sauté dans le vostre.

CLITON.

Iamais en moins de temps ie ne fis tel chemin.

ARGANTE.

Il est vray qu'on a fait du bruit dans le iardin,
Et qu'ayant mis soudain la teste à la fenestre
I'ay veu marcher quelqu'vn que ie n'ay pû cognoistre ;
Mais quoy que cette excuse ait assez de couleur,
Il ne me suffit pas dans vn si grand malheur,
I'en veux pour l'interest de toute ma famille
Lire la verité sur le front de ma fille,
Son trouble ou son repos me la feront sçauoir,
Ie reuiens,

Argante sort.

CLITON.

Ah, Monfieur, donnons luy le bon-foir,

ORONTE.

As-tu peur?

CLITON.

Moy! non-pas, mais i'ay peu de courage,
Par tout flamberge au vent vous trouuez bien paffage,
Vous vous efchaperez, & le pauure Cliton
On l'enuoyera dormir à grands coups de bafton.

ORONTE.

Efcoute, on parle icy.

ARGANTE *parlant à Erafte qu'il a*
trouué dans fa maifon, & fermant la
porte pour l'empefcher de voir Oronte,

Demeurez-là, de grace.

CLITON.

Il ferme cette porte, ah, tout mon fang fe glace.

ARGANTE *à Oronte.*

Vous m'auiez bien dit vray, fortez vifte, & fans bruit,
Voftre ennemy.... i'en tremble.

ORONTE.

Et bien?

ARGANTE.

Il vous pourfuit.

ORONTE.

Qui?

ARGANTE.

Le demandez-vous? Erafte.

ORONTE.

Quoy?

ARGANTE.

Luy-mefme,

Ie l'ay veu là dedans.

ORONTE *à Cliton.*

Voila le ftratagefme.

Par quel rare moyen ie m'en fuis éclaircy?

ARGANTE.

Vous nous perdrez tous deux fi vous tardez icy,
Depefchez de fortir,

ORONTE à Cliton.

Voy quelle est ma fortune.

CLITON.

Consolez-vous, Monsieur, la chance en est commune.

ARGANTE seul.

Enfin d'vn grand malheur i'ay sceu me garantir,
Appellons icy l'autre & le faisons sortir.

SCENE X.

ARGANTE, ERASTE.

ARGANTE ouurant la porte qu'il
auoit fermée en r'entrant.

ERASTE bas.

Ie ne sçay quel est tout ce mystère,
M'auoir ainsi surpris & me voir sans colere.

ARGANTE.

Ie pardonne à l'ardeur qui chez moy vous conduit,
Mais si vous m'en croyez ne faites point de bruit,
De pareils accidens demandent le silence.

ERASTE.

Ne pensez pas....

ARGANTE.

Ie sçay ce qu'il faut que ie pense.

ERASTE.

Ie doute si....

ARGANTE.

Non non, ie suis assez discret.

ERASTE.

Peut-estre....

ARGANTE.

De ma part, soyez seur du secret,
Adieu.

ERASTE
Mais...

ARGANTE.
Il est temps que chacun se retire.

Sortez.

ERASTE
Ie n'entens rien à ce qu'il me veut dire.

ARGANTE seul.
M'en voicy dégagé, i'en tremble encore d'effroy.
Ie les ay decouuerts bien à propos pour moy.
Qu'à present dans la ruë ils chamaillent à l'aise.
Ils s'y battront long temps auant qu'il m'en d'éplaise,
Et si d'autres que moy ne les vont separer,
Ils auront tout loisir de bien s'entre-bourrer.

Fin du troisiesme Acte.

ACTE IV.
SCENE PREMIERE.

ORONTE, CLITON.

ORONTE.

QVE tu raisonnes mal ! quoy donc, tu te fi-
gures...
CLITON.
Mais i'y pers mon Latin & toutes mes mesu-
res,
Et pourrois raisonner iusques au iugement
Que i'y perdrois encor tout mon raisonnement.

ORONTE.

Confesse que ie sçay, Cliton, comme il faut viure?
CLITON.
Vous allez si beau train, qu'on ne vous sçauroit suiure?
Quand à moy i'y renonce. Apres les rudes coups
Que vous receustes hier à vos deux rendez-vous,
Qui n'auroit pas iuré que dans vostre colere,
Vous eussiez dû maudire & l'amour & sa mere,
Soûpirer & gemir tout le long de la nuit,
Ne sortir de trois iours & peut-estre de huit,
L'esprit chargé d'ennuis, le cœur gros d'amertume ?
Cependant vous voila plus gay que de coûtume,
Vous chantez, vous dansez, vous faites l'entendu,
Et vous semblez n'auoir ny gagné ny perdu.
Vostre façon d'agir est bien heteroclite,

ORONTE.

En quoy te surprend-elle ? on me quitte & ie quitte,

CLITON.

Si l'on montré pour vous quelques legeretez
On ne vous rend, Monsieur, que ce que vous prestez,
Et Maistresse, & Suiuante, & blanche & brune &
  blonde,
Vous vous accommodez de tout le mieux du monde,
Vostre haut appetit en prend à gauche, à droit,
Et rien à vostre goust n'est trop chaud ny trop froid,

ORONTE.

C'est aimer à peu prés comme il faut que l'on aime.

CLITON.

Aussi commence-t'on à vous aimer de mesme,

ORONTE.

Ie ne m'en fâche point.

CLITON.

                    A vous parler sans fard
Ie croy que vostre amour est quelque amour bastard,

ORONTE.

Il est vray que sur luy ie garde assez d'empire.

CLITON.

Plus ie vous examine & plus ie vous admire.
Tantost l'œil vif & gay vous faites le galand,
Tantost morne & pensif vous faites le dolent,
Icy l'air enjoué vous contez des merueilles,
Là de soûpirs aigus vous percez les oreilles,
Ie m'y laisse duper moy-mesme assez souuent,
Vous pleurez, vous riez, & tout cela du vent.
Quels tours de passe-passe !

ORONTE.

                    Et mon humeur t'étonne,

CLITON.

Ie n'en connus iamais de si Cameleonne,
Chaque objet luy fait prendre vn ieu tout different,

ORONTE.

C'est ainsi que l'amour iamais ne me surprend,

Ie le braue, & par là rendant ses ruses vaines
I'en gouste les douceurs sans en sentir les peines.

CLITON

Quoy, donner tout ensemble & reprendre son cœur,
C'est amour?

ORONTE.

C'est amour, Cliton, & du meilleur,

CLITON.

Mais l'amour n'est-ce pas vne ardeur inquiete,
(Car i'y suis Grec depuis que i'en tiens pour Lysette)
Vn frisson tout de flame, vn accident confus,
Qui broüille la ceruelle & rend l'esprit perclus,
Vne peine qui plaist encor qu'elle incommode?

ORONTE.

C'est l'amour du vieux temps, il n'est plus à la mode.

CLITON.

Il n'est plus à la mode?

ORONTE.

Il est lourd & grossier,

CLITON.

Que faut-il faire donc pour le modifier?

ORONTE.

Ma conduite aisement te leuera ce doute,
Examine la bien.

CLITON.

Ma foy, ie n'y vois goute,
Si vous voulez m'instruire il faut mieux s'expliquer,

ORONTE.

Escoute pour cela ce qu'il faut pratiquer,
Auoir pour tous objets la mesme complaisance,
Sçauoir aimer par cœur & sans que l'on y pense,
En conter par coûtume & pour se diuertir,
Se plaindre d'vn grand mal & n'en point ressentir,
En faire adroitement le visage interprete,
N'aduertir point son cœur de quoy que l'on promette,
D'vn mensonge au besoin faire vne verité,
Se montrer quelquefois à demy transporté,

Coucher de paſſion, de ſoûpirs & de flâmes,
Et pour ne riſquer rien en pratiquant les femmes.
Les adorer en gros toutes confuſément,
Et les meſ-eſtimer toutes ſeparément,
Voila la bonne regle.

CLITON.

O la haute ſcience!
Vous ſçauez de l'amour tirer la quinteſſence.
N'importe, pour Lyſette adwiſez, tout ou rien,
Songez pour elle-meſme à luy vouloir du bien,
Autrement...

ORONTE.

Sans colere, vn iour ou deux peut-eſtre,
Me feront conſentir à t'en laiſſer le maiſtre,
Ie ne ſuis pas encor dépourueu tout à fait,
Dorotée eſt fidelle, & i'en ſuis ſatisfait.

CLITON.

Mais Eraſte caché fait aſſez voir qu'on l'aime?

ORONTE.

I'ay ſceu toute l'intrigue.

CLITON.

Et de qui?

ORONTE.

De luy-meſme,
Que retournant chez luy hier au ſoir aſſez tard
Il s'eſtoit à ſa porte arreſté par hazard,
Que la trouuant ouuerte & la croyant entendre,
Seule auec ſa Suiuante il l'auoit pû ſurprendre,
Et qu'à peine il goûtoit vn entretien ſi cher
Que ſon pere frappant on l'auoit fait cacher,
Voy s'il m'en doit reſter aucun ſcrupule en l'ame.

CLITON.

Vous eſtes né coiffé

ORONTE.

Le bon eſt pour Florame.
S'il brûloit de ſçauoir qui poſſede ſon cœur
C'eſtoit pour Dorotée & non pas pour ſa ſœur.

Si bien que luy contant par quelle tyrannie
Luy donnant Dorotée on l'arrache à Lucie
Ie l'ay veu prest soudain de repondre à ses yeux
S'il rompoit vn Hymen si contraire à ses feux.
Là Florame passant, bons amis & sans peine,
A l'amour qui les picque ils ont donné leur haine,
Et par ce doux accord leurs differens cessez
Deuant moy sans contrainte ils se sont embrassez.

CLITON.

De sorte que Lucie à Florame est acquise ?

ORONTE.

Ouy, son frere y consent & par mon entremise.

CLITON.

Vous ne la verrez plus ?

ORONTE.

Moy ? comme auparauant.

CLITON.

Mais elle vous endort d'vn espoir deceuant,
Et tandis qu'autre part sa franchise arrestée
Fait voir...

ORONTE.

I'en crûs bien hier autant de Dorotée,
Et cependant, Cliton, ie le crûs faussement.

CLITON.

Mais celle-cy, Monsieur, vous fourbe apparemment,

ORONTE.

Peut estre suis-je encor trompé par l'apparence.

CLITON.

Quoy, vous croyez Florame assez...

ORONTE.

Voy qu'il s'auance
I'en puis fort aisément sur l'heure estre esclaircy.

SCENE II.
ORONTE, FLORAME, CLITON.

ORONTE.

Vous voila satisfait, tout vous a reüffi.

FLORAME.

Ouy, mais ce n'est pas tout d'auoir gagné le frere,
Vostre secours, amy, m'est encor necessaire.
En vain i'ay crû secret mon Hymen pretendu,
Ce brui, pour mon malheur n'est que trop épandu,
Et l'aimable Lucie en est persuadée
Iusqu'à croire ma flame vne flame fardée.
Vous que nostre amitié fait lire dans mon cœur,
Voyez ce cher objet, combattez sa rigueur,
Chassez de son esprit vn soupçon qui m'outrage,
Et ne dédaignez pas d'acheuer vostre ouurage.

ORONTE.

Est-ce pour me ioüer que vous parlez ainsi?
Si vous aimez Lucie elle vous aime aussi,
Vous donner rendez-vous au deçeu de son frere
Est de sa passion vne preuue assez claire,
Et vous osez vous plaindre: Ah vous me surprenez!

CLITON.

Luy sçait-il finement tirer les vers du nez!

FLORAME.

Puisque vous rien cacher seroit commettre vn crime,
Sçachez que son amour ne passe point l'estime,
Et que ce rendez-vous qui me fait croire heureux
N'estoit qu'vn trait hardy de ce cœur amoureux.
A de telles faueurs bien loin qu'elle consente
I'auois par mes presens suborné sa Suiuante,

Qui fans qu'elle en fçeut rien me deuoit hier au foir
Donner chez elle entrée & me la faire voir,
Et ce fut la raifon qui me rendit facile
A quitter vn deffein plus dangereux qu'vtile,
En vain fans cet abus vous m'en euffiez preffé.

ORONTE.

Ie vous croyois fans doute vn peu plus auancé,
Mais avant fçeu leuer le plus facheux obftable,
Nous n'auons pas befoin de confulter l'oracle,
La victoire eft à nous, & i'ofe m'en vanter.

FLORAME.

Vous ayant peur fecond i'aurois tort d'en douter,
Tandis, dans fon accueil apres l'adueu d'vn frere
Ie vay tâcher de voir ce qu'il faut que i'efpere.

SCENE III.

ORONTE, CLITON.

ORONTE.

Et bien, Cliton?

CLITON.

I'entens.

ORONTE.

En ay-je efté trompé?

CLITON.

Pas trop.

ORONTE.

Et l'apparence?　　CLITON.

Elle m'auoit dupé,
Lucie eft toute à vous, mais quoy qu'on puiffe dire
Vous eftes en adreffe vn redoutable Sire,
Et le Diable qui met vos pechez en écrit,
S'il n'en oublie aucun il a bien de l'efprit.
Qui tombe entre vos mains, garde le ftratagéme,
Enfin Lucie?

ORONTE.

Enfin, doutes-tu fi ie l'aime?

CLITON.

Fort bien, & Dorotée?

ORONTE.

Encor plus que iamais,

CLITON.

Vous allez donc bien-toſt laiſſer Lyſette en paix?

ORONTE.

Ouy, ſa maigre beauté n'a plus rien qui me tente,
On la ſouffre au beſoin quand la place eſt vacante,
Faute de mieux....

CLITON.

De mieux? ah, Monſieur, parlez bien,
Hors pour vn pis aller Lyſette ne vaut rien,
Et c'eſt faute de mieux qu'à la montre elle paſſe?

SCENE IV.

ORONTE, LYSETTE, CLITON.

LYSETTE

VRaiment, Monſieur Cliton, vous auez bonne
grace,
Lyſette vn pis aller? c'eſt tout ce qu'elle vaut?

CLITON.

Me voicy bien logé.

ORONTE.

Laiſſe-là ce maraut,
Piqué de ialouſie à cauſe que ie t'aime,
Il tâche à te noircir.

CLITON.

Moy, Monſieur?

ORONTE.

Ouy, toy-meſme,

CLITON.

Voyez le filoutage.

LYSETTE.
Ainfi...

CLITON.
Foy de Cliton.

LYSETTE.
Va, i'ay trop bien ouy.

CLITON.
Tu m'as changé le ton?

LYSETTE.
C'eſt donc faute de mieux qu'à la montre fe paſſe?

CLITON.
Ie l'ay dit en fauſſet, & tu l'as pris en baſſe.

ORONTE.
Si tu veux l'écouter il parlera touſiours.

CLITON.
Que ie puiſſe...

ORONTE.
Tay-toy.

CLITON.
Voicy de ſes détours;
Charge tout, i'ay bon dos.

ORONTE.
Donc, aimable Lyſette,
Tu fais ſi peu d'eſtat d'vne amour ſi parfaite?
Si long-temps ſans me voir! Ah, ce m'eſt vn tour-
ment...

LYSETTE.
Ie le croy.

CLITON.
Gardons nous de l'annobliſſement;

ORONTE.
Ton agreable humeur prend tout en raillerie.
Mais ie te ſuis en vain ſuſpeƈt de flatterie,
Croy-moy, quand quelque objet peut s'acquerir mes
ſoins,
Que i'y ſonge deux fois.

LYSETTE.

LYSETTE.

Vous l'aimez pour le moins,
Il faut aider la lettre.

ORONTE.

Ah, douter de ma flame,
C'est....

LYSETTE.

Non non, ie me croy bien auant dans vostre ame,
Mais vostre amour pourtant n'est chez moy qu'en dé-
post
Et ie cours grand hazard de le rendre bien-tost,
Ma Maistresse....

ORONTE.

Tu crois que sa beauté me pique?
Va, si mon soin iamais à la seruir s'applique....

LYSETTE.

Vous la vistes donc hier pour la derniere fois?

ORONTE.

Ie m'y forçay pour toy, voy ce que tu me dois.

LYSETTE.

Pour moy?

ORONTE.

T'en défens-tu?

LYSETTE.

C'est là donner des vostres.

ORONTE.

Quoy tu ne me crois point?

LYSETTE.

Vous en sçauez bien d'autres.

ORONTE.

Ah! non, encore vn coup ie te iure ma foy
Que ie ne la vis hier que pour l'amour de toy,
I'ay pour son entretien vne haine mortelle,
Mais ayant découuert ta retraitte chez elle,
Quoy qu'asseuré d'y voir vn objet odieux,
I'y courus sur l'espoir de te parler des yeux,
Tu n'eusses pas manqué d'entendre ce langage,

D

LYSETTE.

Que vous estes subtil & fait au badinage?
Vous la trouuastes seule ?

ORONTE.

Aussi pour m'en vanger
Ie ne m'étudiay qu'à la faire enrager,
I'eus des respects pour elle aussi rares qu'étranges,
Et pensay l'accabler à force de loüanges,
Mais elle me perdoit tant mon stile estoit haut.

LYSETTE.

Vous pourrez aujourd'huy reparer ce defaut,
Elle veut vous parler, & ie viens vous le dire.
Dépechez, suiuez moy.

ORONTE.

Tu prens plaisir à rire,

LYSETTE.

Non . elle vous attend, & doit vous aduertir
Lors que vous la verrez .

ORONTE.

ie n'y puis consentir.

LYSETTE.

Il le faut . voudriez-vous luy laisser quelque ombrage
Que i'eusse osé manquer à faire son message ?

ORONTE.

I'auray bien à souffrir

LYSETTE

Allez, i'y prendray part.

ORONTE.

Ie n'iray qu'à regret ie te parle sans fard,
Et ie croy qu'aisément tu te le persuades :
Mais dans cette entreueuë obserue ses œillades,
Au moindre mot d'amour iette les yeux sur moy,
Et quoy que ie luy d   explique tout pour toy.

LYSETTE.

Ie n'y manqueray pas : vostre affaire vaut faite,

ORONTE.

Tu railles.　　LISETTE,

Comme vous,

ORONTE.

Ah, ie t'aime, Lyſette,
Et pour te faire voir que dans ton entretien
Io trouue & mes plaiſirs & mon ſouuerain bien,
Que viure ſous tes loix eſt ma plus grande gloire.
Tien.

Il foüille dans ſa poche.

LYSETTE.

Vous m'en diriez tant que ie vous pourrois croire,

ORONTE.

Le temps découurira ce qui ſemble caché.

CLITON.

Ma nobleſſe s'auance, on conclud le marché.
Ie n'en puis plus : hola.

ORONTE.

Quel émon te poſſede ?

CLITON.

Puiſqu'à tous accidens vous ſçauez bon remede,
Daignez me faire grace & m'accordez vn point,

ORONTE.

Qu'eſt-ce ?

CLILON.

Faites, Monſieur, que ie n'enrage poinct.

ORONTE *apperceuant Lucie,*

Si,...mais que vois ie.

CLITON.

Bon, voicy quelque reſſource.

LYSETTE.

La fâcheuſe rencontre, il reſſerre ſa bourſe.

ORONTE *à Lyſette,*

Quoy que i'oſe conter ne t'en étonne pas,
Nous en rirons enſemble.

LYSETTE *bas.*

Il faut franchir le pas
L'eſpoir de ſon preſent à tarder me conuie.

SCENE V.

ORONTE, LVCIE, LYSETTE, CLITON.

ORONTE.

IE puis donc vous reuoir , adorable Lucie ?

LVCIE.

La joye en est commune , & c'est auec regret.
Que ie vous vois quitter la douceur du secret.
Vous estiez , ie m'assure , en haute confidence ?

ORONTE.

Quoy , vous me soupçonnez de quelque intelligence,
Et croyez sa rencontre vn secret entretien ?
Cliton sçait....

CLITON.

Ouy , mon maistre est vn amant de bien.

LVCIE montrant Lysette.

Donc ce nouuel objet qui paroit à ma honte....

CLITON.

Il luy parloit d'amour , mais c'estoit pour mon conte.

ORONTE.

Si vous croyez ce fou....

LVCIE.

Ie sçay ce que ie voy,
Et suis bien resoluë à n'en croire que moy.

ORONTE.

Quoy donc , c'est tour à bon que vous iurez ma perte.

LVCIE.

La persecution que pour vous i'ay soufferte,
Quand vn frere obstiné pour Florame aujourd'huy....

ORONTE.

Aussi sans vanité vaux-ie vn peu mieux que luy,
L'obeïssance iroit à vostre preiudice,
Et vous vous obligez en me rendant iustice.

LVCIE.
Gardez que pour punir vostre presomption
Ie n'ose enfin la rendre à son affection.
ORONTE.
Quitte de trois soûpirs à grossir l'ordinaire,
Mais consultez-vous bien auant que d'en rien faire,
Sur tout, de vostre cœur obtenez-en l'adueu,
LVCIE.
Quoy, ma perte en effet vous toucheroit si peu ?
ORONTE.
Quoy, vous vous trahiriez, & i'auois la folie
De me donner en proye à la melancolie ?
S'en pique desormais qui voudra s'en piquer,
La douleur hier au soir me pensa suffoquer,
De Florame & de vous ayant sçeu la pratique,
Ie vins au rendez-vous, confus, melancolique.
I'y pleuray, i'y gemis, i'y joüay de mon mieux,
Et fis ce que ie pûs pour mourir à vos yeux,
Mais i'en trouue l'vsage vn peu trop incommode,
Et tiens qu'il n'est rien tel que d'aimer à la mode.
LVCIE.
Dites à vostre mode, en trompeur, en ingrat.
ORONTE.
L'amour en est plus gay s'il est moins delicat,
Et quand on s'y resout iamais de jalousie,
Iamais...

LVCIE.
Donc sans raison mon ame en est saisie,
Et ie dois démentir le rapport de mes yeux ?

ORONTE.
Les détourner à gauche est quelquefois le mieux.
Faisons que cette regle entre nous soit commune,
Viuons à cœur ouuert, sans défiance aucune,
L'vn l'autre sans soupçon croyons-nous sur la foy,
Ie n'en ay point de vous, n'en ayez point de moy,
Quand ie vous le diray croyez que ie vous aime,

Quand vous me le direz ie le croiray de mesme,
Tant qu'ainsi nous viurons nostre marché tiendra,
Au moindre changement nostre marché rompra.

LVCIE.

Le veritable amour a des loix plus sublimes,
Nous en serions vn monstre en suiuant ces maximes.

ORONTE.

Les suiuant comme il faut, nous serions seulement.
Qu'il seroit vn plaisir & non pas vn tourment.

LVCIE.

Ah, qui dans son amour voit le moindre partage,
S'il n'en meurt de douleur il n'a point de courage.

ORONTE.

S'il faloit qu'en effet cette maxime eust cours,
Nous serions en danger de mourir tous les iours,
Est-il legereté comparable à la vostre ?
Tout le sexe est changeât, hier l'vn, aujourd'huy l'autre.

LVCIE.

Feignez pour mieux sourber de craindre ce malheur,
Mais combien apres tout en sont morts de douleur ?
A ces fâcheux reuers combien n'ont pû suruiure ?

ORONTE.

L'exemple est dangereux, ie renonce à le suiure.

LVCIE.

Pour vn si bel effort vostre cœur est trop bas.

ORONTE.

L'entreprenne qui veut, ie lay cede le pas.
Quand ie mourrois pour vous d'angoisse & de martire,
Et que deux ou trois iours on vous entendroit dire,
C'estoit vn braue amant, c'est pour moy qu'il est mort,
Helas, i'en ay regret: l'y gagnerois tres-fort.

LVCIE.

N'est-ce rien d'acquerir vne illustre memoire ?

ORONTE.

Me preserue le Ciel d'vne si triste gloire.

LVCIE.

Cependant, vous direz encor que vous m'aimez?

ORONTE.

Consultez-en mon cœur, ce cœur que vous charmez.

SCENE VI.

ORONTE, ERASTE, LVCIE, LYSET-
TE, CLITON, LISTOR.

ERASTE à Listor.

Ils s'adorent, te dis-ie, on me l'a fait connoistre.

LVCIE abaissant sa coiffe.

Voicy mon frere, ô Dieu!

ERASTE.

Mais ie le voy le traistre,

LISTOR.

Vne Dame auec luy....

ERASTE.

Ie n'en sçaurois douter,

C'est Dorotée.

LVCIE à Oronte.

Enfin songez à me quitter.

ERASTE montrant Lysette à Listor.

Cette nuit au jardin conduit par sa Suiuante,

Ie la reconnois trop.

ORONTE à Lucie.

Faut-il que i'y consente?

LVCIE.

Oüy, ie veux qu'auant moy vous partiez de ce lieu,

Ne perdez point de temps, & me dites adieu.

ORONTE.

I'obeïs, Toy, Cliton,

D iiij

L'AMOVR

CLITON.
Que faut-il encor faire ?

ORONTE.
Arreste icy Lysette, & l'oblige à se taire,
Promets-luy pour cela tout ce que tu voudras,

*Oronte s'en va par v. costé, & incontinent
apres Lucie s'en va par l'autre.*

LISTOR à Eraste.
Elle s'en va.

ERASTE.
L'Ingrate ! il faut suiure ses pas,
Car sans doute à dessein sa suiuante est restée,
Afin de me nier que ce soit Dorotée,
Mais la suiuant de loin ie rends vains tous ses traits,

SCENE VII.

CLITON, LYSETTE.

CLITON.

DE quel air me prendray-ie à faire le mauuais ?

LYSETTE.
Cliton.

CLITON.
Point de quartier.

LYSETTE.
Quoy , tu fais le seuere ?

CLITON.
Va te pouruois ailleurs.

LYSETTE.
Tu gardes ta colere,

Cliton.

CLITON.
Ouy ie la garde, & la garderay bien,

A LA MODE.

LYSETTE.

Regardé-moy.

CLITON.

Non.

LYSETTE.

Mais....

CLITON.

           Ie n'en rabatray rien.

LYSETTE.

Tu m'abandonnerois, toy que met hors de mise
Ton poil desia grison & ta nazillardise,
Tu m'abandonnerois moy que tu ne vaux pas,
Moy dont vn monde entier adore les appas,
Moy dont tu vois l'amour à l'enuy pourfuiuie.
Faire qu'on te regarde auec vn œil d'enuie,
Enfin moy qui m'abaise à t'aimer....

CLITON.

                  Enfin toy
Qui rends ma bourse nette & te mocques de moy.

LYSETTE.

C'est auffi par tes dons qu'on me voit fi poupine.

CLITON.

Diable, ie t'apprehende, & ta chienne de mine,
Apresent deuant moy tu prens des libertez
Qui refroidiffent bien mes liberalitez,
Chacun t'en vien conter.

LYSETTE.

            Ouy, mais pour des paroles,
Sans donner rien de plus, j'attrappe des piftoles.

CLITON.

Et par cette raifon ie m'en dois confoler ?

LYSETTE.

Cliton, parlons François au lieu de quereller,
Tu connois mon humeur, tu connois ma methode,
I'aime à changer d'habits, i'aime à fuiure la mode,
I'achepte tous les iours quelque meuble nouueau,
Ie fais couper, tailler, & toûjours du plus beau,
Tantoft chez le Mercier, tantoft chez la Lingere,

                    D v

Et tant que i'ay de quoy ie ne m'épargne guère.
Vois tu bien ? cela coûte, & tand d'ajustement
Ne se fait ny par sort ny par enchantement.
Tes gages, quels qu'ils soient, à peine sont capables
De me fournir de gands & de nipes semblables,
Et si ie ne souffrois qu'on m'en contast vn peu
Ie viendrois au rabais, ou ie joüerois beau ieu.

CLITON.

C'est bien fait, mais vinça, dy-moy quels auantages
Iusqu'icy i'ay trouuez à te donner mes gages,
Pour toy de iour en iour ma passion s'accroit,
Et ie ne t'ose encor toucher au bout du doigt.

LYSETTE.

Ne te suffit-il pas de sçauoir que e t'aime ?

CLITON.

Tu m'aimes !

LYSETTE.

En douter c'est te tromper toy-mesme,
Tu le vois trop.

CLITON.

I'ay donc la berluë en amour.

LYSETTE.

Ie soûpire pour toy plus de six fois par iour.

CLITON.

C'est vn grand reconfort à soulager vne ame,

LYSETTE.

Estimes-tu si peu ces marques de ma flame ?

CLITON

C'est toûjours mieux que rien, mais parlós frâchemét,
L'amour, comme tu sçais, est vn enfant gourmand,
Et pour rassasier sa faim trop conuoiteuse
Ie trouue des soûpirs vne viande bien creuse.

LYSETTE.

Ie perds temps auec toy tu n'aymes qu'à iaser,
Et tes sottes raisons ne sont que m'abuser.
Adieu.

CLITON.

Dy-moy, ta langue est-elle mercenaire ?

Et pour vingt écus d'or te voudrois tu bien taire ?
LYSETTE.
Au lieu d'vne cent fois.
CLITON.
L'effort est grand pour toy.
LYSETTE.
I'en viendray bien à bout, repose-t'en sur moy.
Peux-tu me les donner.
CLITON.
Ouy, i'en ay charge expresse
Si tu retiens ta langue auprés de ta maistresse.
Mon maistre.....
LYSETTE.
Ie tairay son infidelité.
Voyons donc ton argent.
CLITON.
Il n'est pas bien conté.
LYSETTE.
Quoy ! les vingt écus d'or ne sont qu'en esperance ?
CLITON.
I'en répons, que t'importe ?
LYSETTE.
O la bonne asseurance.
Va, croy que de ce pas ie vay la détromper.
CLITON.
Garde aussi qu'il ne sçache à son tour t'attraper.

Fin du quatriéme Act.

D vj

ACTE V.

SCENE PREMIERE.

ARGANTE, DOROTEE.

DOROTEE.

Mais du moins attendez que mon ame éton-
née
Ait pû se disposer à ce triste Hymenée,
Et sans precipiter....

ARGANTE.

Vous esperez en vain:
M'obliger par priere à changer de dessein,
Ie voy quel est le vostre, & ie lis dans vostre ame,
I'ay donné ma parole au pere de Florame,
Il faut que ie la tienne, il m'en presse, & ie veux
Que dés demain l'Hymen vous vnisse tous deux.

DOROTEE.

Mais vous voyez de moy qu'il tient si peu de conte
Qu'à peine...

ARGANTE.

C'est l'effet du bruit qui court d'Oronte,
On dit qu'il vous en veut, & Florame alarmé
Semble craindre aujourd'huy de n'estre pas aimé,
Ie le remarque trop à son inquietude?
Et comme ce faux bruit luy porte vn coup bien rude,
Pour le faire auorter & le voir satisfait,
De cet heureux Hymen ie dois presser l'effet,
Songez-y donc, Adieu, ie vay trouuer son pere.

Pour aduiser ensemble à ce qu'il faudra faire.
DOROTEE *seule.*
Vous refoudrez en vain cet Hymen odieux,
Dans le choix d'vn mary ie ne croy que mes yeux.
Mais Lisette reuient, Amour, prens ma defence.

SCENE II.

DOROTEE, LYSETTE.

DOROTEE.

I'Attendois ton retour auecque impatience,
Et bien l'as-tu trouué? que t'a-t'il repondu?
Parle.

LYSETTE.
Ie l'ay trouué tout enfemble & perdu.

DOROTEE.
Il auroit refufé d'écouter ton meffage?

LYSETTE.
Vous ne connoiffez pas encor le perfonnage,
Il fçait trop pour cela comme on vit aujourd'huy.

DOROTEE.
Dy-moy donc promptement, que croiray-ie de luy?
Sçait-il que ie l'attens? viendra-t'il? le verray-ie?

LYSETTE.
Sans doute qu'il viendra, mais gardez-vous du piege,
Et fi vous m'en croyez, rendez-luy de grand cœur
Fleurette pour fleurette, & douceur pour douceur,
Ne vous engagez point plus auant qu'il s'engage.

DOROTEE.
Qui te peut obliger à tenir ce langage?
Eft-il fourbe? inconftant?

LYSETTE.
Ie ne fçay ce qu'il eft,
Mais vous en iugerez, écoutez s'il vous plaift.
Nous nous fommes l'vn l'autre abordez dans la ruë,

Où me riant au nez aussi-tost qu'il ma veuë,
Auecque tant de ioye il est vers moy coûru.
Qu'à bon escient pour vous ie l'ay creu lors serõt
Mesme chose à loüir, d'abord toute asseurance
De ne sortir iamais de vostre obeyssance,
Mais à peine pour vous il me vantoit son feu,
Qu'vne Dame arriuant, c'est-là le beau du ieu,
Sans dire quoy ny qu'est-ce, au mépris de sa flamë
Le causeur est allé luy chanter mesme game,
Et sur l'heure à mes yeux sans autre compliment
S'est mis à cajoler fort gracieusement.

DOROTEE.

Quoy, deuant toy l'ingrat auroit eu l'impudence
De mettre lâchement au iour son inconstance,
De luy parler d'amour ?

LYSETTE.

Ouy, vous dis-je, à mes yeux,

DOROTEE.

Il fourbe donc, le traistre.

LYSETTE.

Il s'y cognoit des mieux,

DOROTEE.

Mais cette Dame enfin qu'est-elle deuenuë ?
Acheue.

LYSETTE.

Apres l'auoir long-temps entretenuë,
Tout à coup (mais sans doute ils l'auoient conceree)
Ils ont tiré tous deux chacun de leur costé.

DOROTEE.

Et pour sçauoir son nom tu ne l'as point suiuie ?

LYSETTE.

Ie l'ay tâché, Madame, & i'en bruslois d'enuie,
Mais le valet d'Oronte a rompu mon dessein,
Qui m'ayant sçeu couler quelque douceur en main
Pour arrhes qu'il feroit encor toute autre chose,
M'a promis monts & vaux moyennant bouche close,
Mais moy, sçachons vn peu pour qui vous me prenez,
Puis luy iettant soudain ses écus d'or au nez,

Va maroufle, ay-ie dit, ie ne suis point traiſtreſſe,
Et ne ſçay ce que c'eſt de vendre ma maiſtreſſe,
Si i'ay beſoin d'argent, ſans luy manquer de foy,
Elle en a dé reſerüe & pour elle & pour moy,
Et lors ſi contre luy i'euſſe crû mon courage..

DOROTEE.

Ton zele me rauit.

LYSETTE.

Ie peti!lois de rage.
Moy vous trahir, vous vendre? ô qu'il s'adreſſoit bien!
Il auroit pû m'offrir....

DOROTEE.

Va, tu n'y perdras rien
Admire cependant aux termes ou nous ſommes
Combien i'auois raiſon de hayr tous les hommes,
Puiſqu'Oronte, en faueur de qui ce triſte cœur
Relâchoit vn orgueil qui fait tout mon bonheur,
Cét Oronte me fourbe, il me ioüe, il me braue,
Et pris en d'autres fers, feint d'eſtre mon eſclaue,
Mais qu'à propos ſa feinte à ſçeu ſe decouurir!
Auec ce lâche amant i'eſtois preſté à m'ouurir,
A prendre ſon aduis pour rompre vn Hymenée..

LYSETTE.

Vous l'eſperez en vain, la parole eſt donnée,
Voſtre pere vous preſſe, & pourra tout ſur vous.

DOROTEE.

Il a beau me preſſer. ie rompray tous ſes coups.

LYSETTE.

Mais Florame luy plaiſt, il le ſouhaite, il l'aime

DOROTEE.

Florame en vn beſoin m'y ſeruira luy-meſme,
Pour rechercher iamais cette triſte vnion
Il eſt trop aduerty de mon aduerſion
En vain de nos vieillards l'impuiſſante manie
Veut ſur nos volontez vſer de tyrannie,
Dans toutes nos froideurs l'vn & l'autre d'accord
De leur authorité nous craignons peu l'effort:
Mais qui ferme la porte, & que pretend-on faire?

SCENE III.

DOROTEE, LVCIE, LISETTE.

LVCIE *auec sa coiffe abatuë.*

Madame, sauuez-moy des poursuites d'vn frere,
Il tâche à me connoistre & son esprit ialoux
De quelque promenade est peut-estre en couroux.
En vain par cent detours allant de ruë en ruë
I'ay crû que dans la presse il me perd oit de veuë,
Il m'a tousiours suiuie, & marchant sur mes pas
M'a contrainte à la fin pour ne me perdre pas
D'entrer ainsi chez vous, où i'implore vostre aide
Pour trouuer à ma crainte vn asseuré remede,
Connoissez qui le cherche.   *Elle leue sa coiffe.*

DOROTEE.

                    Ah, Lucie, est-ce vous ?

LVCIE.

C'est moy que le chagrin d'vn frere trop ialoux.,
Mais il frape desia : Pour me seruir d'azile
Feignez de reuenir maintenant de la ville,
Ie vous laisse ma coiffe.
           Elle met sa coiffe sur la teste de Dorotée.

DOROTEE.

                Il faut donc vous cacher,

LVCIE.

I'entre icy.   LYSETTE *à Dorotée.*
     Sçauez-vous...

DOROTEE

                Veut-on se depescher ?
Qu'on ouure.

           LYSETTE *allant ouurir.*
     Elle a beau faire, elle payera la debte,

DOROTEE,

Que croira t'il de moy ?

SCENE IV.

ERASTE, DOROTEE, LYSETTE.

DOROTEE donnant sa coiffe à Lysette.
comme feignant de revenir de la ville.

PRens ma coiffe, Lysette.
Lysette sort, & rentre sur la fin de la Scene.

ERASTE.

Pardonnez vn abord qui me rendra suspect
De manquer enuers vous d'amour ou de respect,
Ie suis mon desespoir, & ne retiens qu'à peine
Les flots impetueux du couroux qui m'entraine.

DOROTEE.

Vostre mauuaise humeur aujourd'huy me surprend,
Ie croyois vostre esprit dans vn calme si grand
Qu'aux plus rudes assauts tousiours inébranlable
Du moindre emportement vous sussiez incapable.

ERASTE.

Ie le suis pour tout autre, & trop d'amour pour vous
Est cause.... DOROTEE.
Quoy, ie suis l'objet de ce couroux?

ERASTE.

Niez l'ingrat mépris dont vous payez ma flame,
Niez que mon riual puisse tout sur vostre ame,
Que de vos trahisons mes yeux soient les temoins?

DOROTEE.

Croyez moy, vous révez, Eraste.

ERASTE.

Mais du moins
Vous tomberez d'accord qu'on peut vous auoir veuë
Dans quelque confidence au milieu de la ruë.

DOROTEE.

Moy?

ERASTE.

Ie vous ay fuiuie apres vos Adieux faits,
I'en croy mes yeux.

DOROTEE.
Vos yeux....

ERASTE.

Ils ne mentent iamais:
Mais pour vous mieux conuaincre, & vous couurir de
    honte,
Peut-estre il suffira de vous nommer Oronte.

DOROTEE.

Oronte?

ERASTE.
Oüy ce galand auec qui vous estiez,
Qui vous faisoit sa cour, & que vous écoutiez,
Le nierez-vous encor?

DOROTEE b.s.

Ie sers donc ma riuale,
O Ciel! quelle surprise à la mienne est esgale!

ERASTE.
De vostre trahison ce silence est l'adueu,
Enfin i'ouure les yeux pour esteindre mon feu,
I'adorois vne ingrate, & le Ciel fauorable
Pour me desabuser me la fait voir coupable.

DOROTEE.
C'est aller trop auant, mais par bonté, ie croy
Que vous ne sçauez pas que vous parlez à moy,
Et veux bien pardonner aux chaleurs indiscretes
Qui vous font oublier qui ie suis, qui vous estes,
Et qui de ce reproche armant vostre couroux
Ne vous permettent pas de bien penser à vous.

ERASTE.
Ie n'y pense que trop, & si ie vous accuse....

DOROTEE.
Quoy, vous continuez! i'en suis pour vous confuse,
Vostre raison, Eraste, est sans doute en defaut,
Mais sçachons qui vous porte à prendre vn ton si haut,
Oronte, dites-vous, a sçeu toucher mon ame?

Eſt-ce vn crime pour moy que d'eſtimer ſa flame ?
Que vous ay-je promis qui m'en puiſſe empeſcher ?
Quels ſermens violez m'oſez-vous reprocher ?
Si pour grande faueur vous contez vne lettre,
A voſtre vanité ceſſez de trop permettre,
I'aime à donner la baye, & pour la pouſſer loin
I'ecrirois cent billets s'il en eſtoit beſoin,
Vous regalant ainſi ie n'ay cherché qu'à rire,
Les termes en font foy, vous n'auez qu'à bien lire.
ERASTE.
Quoy, me railler encor ! c'eſt donc-là tout le fruit
Qu'vne flame ſi pure à la fin m'a produit ?
Apres deux ans perdus en deuoirs, en ſeruices...
DOROTEE.
Ces deuoirs quelquefois tiennent lieu de ſupplices.
ERASTE.
Voſtre orgueil enuers moy ne ſe peut démentir,
Vous me tirez d'erreur, & i'en veux bien ſortir,
De l'infidelité ne craignez point la honte,
Abandonnez Eraſte, & viuez pour Oronte,
Ie romps mes triſtes fers que i'eſtimay ſi doux,
Et pour ne rien garder qui me parle de vous,
Ce billet dont l'appas auoit pû me ſurprendre,
I'en faiſois vn treſor, ie m'offre à vous le rendre.
DOROTEE.
Ce ſera m'obliger, donnez donc promptement.
ERASTE.
Ouy, ie vous le rendray, n'en doutez nullement,
Ie cours chez moy, Madame, & ie vous le rapporte.

SCENE V.
DOROTEE, LYSETTE.
LYSETTE.
ET bien, le Ciel enfin vous rit de bonne ſorte,
Celle dont ie parlois, la riuale beauté

A qui le fourbe Oronte a si bien protesté,
Elle est entre vos mains, la voulez-vous plus belle?

DOROTEE.

Ie le sçay, cependant ie soûtiens sa querelle.

LYSETTE.

I'en ay tantost souffert, mais à present il faut...

DOROTEE.

Elle pourroit t'oüir, ne parle point si haut.

LYSETTE.

Madame, elle n'a garde, elle est trop esloignée,
Iusques dans le iardin sa crainte l'a menée,
Où pour vous rendre grace elle attend mon retour,
Ie l'y viens de quitter.

DOROTEE.

           Pour vanger mon amour,
Et donner prompt obstacle aux desseins de mon traî-
   stre,
Il faut adroitement.... mais que vois-ie paroistre?

SCENE VI.

DOROTEE, LYSETTE, CLITON.

CLITON.
Lysette.

LYSETTE.

C'est Cliton. Ton maistre tarde bien.

CLITON.

Peut-il entrer?   LYSETTE.
    Ouy, va.

CLITON.

           Mais...

LYSETTE.

             Qu'il ne craigne rien,
Le bon-homme est sorty, qu'il vienne.
Cliton rentre.

DOROTEE.

Enfin, Lysette,
Tu vois qu'en mes filets l'vn & l'autre se iette,
Si leur amour est né du mépris de mes feux
Ie sçauray d'vn seul coup me vanger de tous deux.

LYSETTE;
Mais suiuant les transports de vostre jalousie
Gardez....

DOROTEE.
Dans le iardin va retrouuer Lucie,
Puis lors que tu croiras qu'Oronte soit icy
Fay-l'en sortir soudain pour y venir aussi,
Et sur le point d'entrer arreste-la de sorte
Qu'elle nous puisse entendre estant à cette porte.
Il ne manquera pas de me parler d'amour.
Et lors, laisse-moy faire, à beau ieu beau retour,

LYSETTE.
L'appas est delicat vous l'y pourrez surprendre.

DOROTEE.
Va donc viste, aussi bien ie croy desia l'entendre,
Le voicy.

SCENE VII.

ORONTE, DOROTEE, CLITON.

CLITON.
Qvoy, Monsieur....

ORONTE.
Ouy ie te le promets,
I'y renonce, & Lysette est à toy desormais.

CLITON.
De bon cœur;

ORONTE.
De bon cœur & sans reserue aucune;

CLITON.
Grand mercy, maintenant poussez vostre fortune.

ORONTE *à Dorotée.*

Quelque cher que me soit l'honneur que i'en reçoy
Ie veux mal aû bontez que vous auez pour moy,
Puisqu'attendu de vous, l'on peut mettre en balance
Si ie viens par amour ou bien par complaisance,
Et que voltre ordre expres peut faire presumer
Que c'est vous obeïr & non pas vous aimer

LYSETTE *paroissant auec Lucie qu'elle*
oblige incontinent de rentrer,

Vn Caualier, Madame, est encor auec elle,
Demeurez. LVCIE.

C'est Oronte, ah l'ingrat ! l'infidele !
DOROTEE.

Me surprendre d'abord auec ce compliment
C'est preuenir ma plainte assez adroitement,
Vous mesme apprenez moi ce qu'il faut que i'en croye,
ORONTE.

Vous le pouuez connoistre à l'éclat de ma joye,
DOROTEE.

I'en soupçonne l'adresse
ORONTE.

Auec peu de raison.
DOROTEE.

Souuent vn beau dehors cache vne trahison.
ORONTE.

Pour plus de seureté n'en croyez que vous-mesme,
Consultez voltre cœur, il sçait si ie vous aime.
DOROTEE.

Il m'en fait donc secret.
ORONTE.

Moins que vous ne pensez,
Si vous daignez l'entendre il vous en dit assez ;
Et d'ailleurs ce deuoir dont mon amour s'acquite....
DOROTEE

Peut-estre estant forcé n'est pas de grand merite.
ORONTE

L'hommage que ie rends aux yeux qui m'ont blessé
Passeroit-il chez vous pour vn deuoir forcé ?

Cet hommage si pur, sans mélange, sans tache
Et qui n'a rien en soy de honteux ny de lâche?

DOROTEE.

Vous l'éleuez bien haut.

ORONTE.

N'en ay-ie pas sujec
Puisque de mon amour vos vertus sont l'objet,
Qu'en vous est le motif qui fait que ie vous aime,
Et que c'est seulement à cause de vous-mesme?

DOROTEE.

Ie puis donc m'asseurer qu'il durera toûjours
Ce rare & digne amour qui de moy prend son cours,
Car encor que du temps le pouuoir soit extreme,
Me peut il faire enfin cesser d'estre moy-mesme?

ORONTE.

Aussi me feriez-vous vn outrage mortel
D'attendre moins de moy qu vn hommage eternel.

DOROTEE.

Vous en parlez, ce semble, auec tant de franchise,
Que i'ay quelque sujet de craindre vne surprise.

ORONTE.

Quoy, vous vous défiez de ma sincerité?

DOROTEE.

On hazarde à tout croire auec legereté.

ORONTE.

Mais vn espoir fondé sur de si grands merites,
Trahit qui le soûtient en souffrant des limites,
Il doit se tout promettre, & sur ce ferme appuy
Pretendre à tous les cœurs qu il croit digne de luy.

DOROTEE.

C'est ainsi qu'aussi-tost que le vostre soûpire
Il se tient asseuré de tout ce qu'il desire?

ORONTE.

C'est ainsi que sans crainte & sans émotion
Ie vois briguer sous main vostre inclination,
Ie vous rends mes respects, Eraste vous proteste,
Vous auez de bons yeux, qu'ay-ie à douter du reste?

DOROTEE.

Vos merites vous sont vn presage asseuré
D'emporter la balance & d'estre preseré.

ORONTE.

D'vne & d'autre façon ie sçay me satisfaire,
L'on merite mes soins alors qu'on me presere,
Et quand l'heur d'vn tel choix ne tombe point sur moy
L'on montre vne ame basse, & ie reprens ma foy.

DOROTEE.

M'accuseriez vous bien d'vne telle bassesse,
Et ce reproche adroit est-ce à moy qu'il s'adresse?

ORONTE

Vn peu trop de scrupule à vostre amour est joint,
Des termes si communs ne vous regardent point,
Mais j'oys là du bruit

DOROTEE *contrefaisant l'étonnée*
Où?

ORONTE.

Vous semblez inquiete,
Vous regardez. . . .

DOROTEE.

De l'œil ie cherche icy Lysette,
Il m'a semblé la voir.

ORONTE.

Vous l'auez veuë aussi.

DOROTEE.

Qu'est-elle deuenuë

ORONTE.

Elle est entrée icy,
Ie m'en vay l'appeller.

DOROTEE *feignant de l'arrester
auec empressemens.*
Dieu, que voulez-vous faire?

ORONTE.

Vous rendre de mon zele vne preuue legere.

DOROTEE.

Toûjours d'vn vil soupçon vostre amour est taché,
Mais croyez que chez moy si quelqu'vn est caché,

Sans

Sans m'en auoir parlé ma suiuante est capable.
ORONTE.
Mais encor qui vous dit que vous soyez coupable ?
C'est parler cette fois vous-mesme contre vous.
DOROTEE.
I'ay lieu de craindre tout d'vn naturel ialoux,
Vous m'accusastes hier, & depuis ce reproche...
ORONTE.
Trouuez bon seulement que Lysette s'approche.
DOROTEE l'arrestant tousiours
Sous ce pretexte feint vos soupçons imprudens
Veulent,.. ORONTE.
Souffrez.
CLITON.
Sans doute Fraste est là dedans
Tenez ferme, Monsieur, ayons-en l'ame nette
Pour n'estre plus leurrez d'vn mary de Lysette.
DOROTEE.
Suiuez vostre caprice, & ne montrez icy...
ORONTE.
Vous vous alarmez trop, Lysette,

SCENE VIII.

ORONTE, DOROTEE, LVCIE, LYSETTE, CLITON.

LVCIE.

La voicy.
R'asseuré voftre esprit, c'est à tort qu'il s'étonne
CLITON.
Voicy bien des Marchands. la foire fera bonne.
ORONTE.
Quels embarras iamais furent moins esperez !

E

CLITON.

Vous auez l'esprit bon, vous vous en tirerez.

LVCIE.

Et bien, perfide amant ?

DOROTEE.

Et bien, amant volage ?

LVCIE.

Entre nous tour à tour voftre cœur fe partage ?

DOROTEE.

Trompeur.   LVCIE.

Parjure.

DOROTEE.

Fourbe.

LVCIE.

Ame double & fans foy.

DOROTEE.

Ingrat.   LVCIE.

Traiftre.

ORONTE.

Eft-ce affez déclamé contre moy ?

LVCIE.

Apreftant de fermens, tant de promeffes fauffes...

CLITON.

De crainte d'accident, Monfieur, tirons nos chauffes,
Si la moindre des deux nous fautoit au collet,
Adieu ce feroit fait du maiftre & du valèt.

DOROTEE.

Enfin la verité malgré toutes vos feintes....

ORONTE.

De grace, dites-moy le fujet de vos plaintes.

LVCIE.

Demandez-vous encor qui nous peut indigner ?

ORONTE.

Ouy, puifque ie n'ay pas le don de deuiner.

LVCIE.

Nier des trahifons qui font en euidence.
A l'infidelité c'eft ioindre l'impudence.

ORONTE.

Ne me condamnez point sans me dire pourquoy ?

DOROTEE.

Vous ne m'auez pas dit que vous brûliez pour moy,
Que vostre passion alloit iusqu'à l'extréme ?

ORONTE.

Ie vous le dis encor de nouueau ie vous aime.

LVCIE.

Quoy, vous l'aimez, parjure, apres m'auoir cent fois
Iuré que vostre cœur se rangoit sous mes loix,
Qu'vn fort amour pour moy....

ORONTE.

Ie vous le dis encore,

LVCIE.

Vous m'aimez ?

ORONTE.

Ie vous aime.

DOROTEE.

Et moy ?

ORONTE.

Ie vous adore,

LVCIE.

Voyez l'effronterie, à nos yeux nous jouër.

ORONTE à *Lucie*.

Mais vous cherchez en va'n à ne pas l'auoüer,
Vous me connoissez trop pour douter de ma flame.

DOROTEE.

Pourquoy donc m'en conter si Lucie a vostre ame ?

ORONTE.

Par amour.   **DOROTEE,**

Quel amour.

ORONTE.

Veritable.

DOROTEE.

Et comment ?

ORONTE.

I'aime par connoissance & non aueuglement,
Ma raison se rendant de surprise incapable,

Sans rien chercher de plus , ie m'attache à l'aimable,
Et comme il est en elle aussi bien comme en vous,
Ie confons vn amour dont l'appas m'est si doux,
Et croy sans me noircir vers l'vne ny vers l'autre,
Qu'honorer son merite est rendre hommage au vostre.

DOROTEE.

Mais comme on est reduit à choisir tost ou tard,
Qui vaincra de nous deux ?

ORONTE.

C'est vn secret à part.

DOROTEE.

Il faut se declarer.

ORONTE.

Vostre ordre en vain m'en presse,
Celle qui me perdroit en mouroit de tristesse.

LVCIE.

Vous pouuez sans scrupule ailleurs vous engager,
Vrayement vous valez bien qu'on y daigne songer.

ORONTE.

Ah , vous en osez donc faire la dégoustée,
Voila mon choix tout fait, ie suis à Dorotée.

LVCIE.

Ie luy cede sans peine vn bien si precieux.

ORONTE.

Me declarant pour vous , vous en parleriez mieux.

LVCIE.

En effet , son bonheur est fort digne d'enuie.

ORONTE.

Toûjours d'vn faux orgueil la disgrace est suiuie,
Vous verrez ce que c'est que de m'auoir perdu.

à Dorotée.

Vous à qui desormais tout mon amour est deu ,
Croyez...   DOROTEE.

Vn choix si prompt me met en défiance.

ORONTE.

Vostre cœur est d'accord de cette preference,
N'en faites point la fine , il la croit meriter.

DOROTEE.

Vostre inégale humeur me fait toûjours douter,

Vous protestez par tout.

ORONTE.

Et n'est-ce pas la mode ?
Voyez tel que ie suis si ie vous suis commode.

SCENE IX.

ARGANTE, ORONTE, FLORAME, ERASTE, DOROTEE, LVCIE, LYSETTE, CLITON.

ERASTE *entrant auant Argante.*

Voicy vostre billet, infidelle, mais quoy,
Ma sœur auecque vous !

ARGANTE *entrant auec Florame.*

Ie répons de sa foy,
Ie suis pere.   FLORAME.

Ah, plûtost que la vouloir contraindre....
Enfin de vos froideurs i'ay sujet de me plaindre.
Si certains bruits confus vous mettent en soucy
Iusqu'à vous alarmer de voir Oronte icy.
Sçachrz ce qui l'amene, & qu'aimé de Lucie....

LVCIE.

De moy ? que dites-vous ? c'est ce que ie denie,
Mon amour est vn bien qu'il ne peut esperer.

FLORAME à *Argante.*

Souffrez donc qu'aujourd'huy ie m'ose declarer.
A l'Hymen de Lucie ayant osé pretendre
I'estime en vain l'honneur de me voir vostre gendre,
Ie ne puis l'accepter sans l'infidelité,
Mais Eraste....

ERASTE.

Non non, le sort en est ietté,
Mon cœur de cet ingrate abhorre l'Hymenée,

E iij

L'AMOVR
Cependant ie tiendray ma parole donnée?
Venez en voir l'effet, & remenez ma sœur.
FLORAME.
Adieu ne soyez point ialoux de mon bonheur.

SCENE X.

ARGANTE, ORONTE, DOROTEE,
LYSETTE, CLITON.

ARGANTE.

QVe veut dire cecy ? Lucie aimer Florame !
Et quoy n'est elle pas l'objet de vostre flame,
Et surpris cette nuit dedans son entretien,
N'auez-vous pas sauté de son iardin au mien ?

ORONTE.

Puisqu'enfin il est temps que ie vous desabuse,
Apprenez que l'amour ma fourny certe excuse,

ARGANTE.

Quoy voir de nuit ma fille, & tous deux tant oser...

ORONTE.

Ne vous enportez point.

ARGANTE.

A moins que l'épouser...

ORONTE.

I'y consens ; il faut bien qu'enfin ie me marie,
Pourrions-nous autrement finir la Comedie ?

DOROTEE.

Vous reduire à l'Hymen, qui l'eust osé preuoir ?

ORONTE.

C'est la fin de mon rôle, il faut bien le vouloir.

CLITON.

Cette conclusion est encore imparfaite,
Il faut pour bien finir que i'épouse Lysette,

DOROTEE,

L'aimes-tu ?

CLITON.

Ie m'en meurs, Madame.

D.OROTEE.

Elle est à roy.

CLITON à *Lysette*.

Ah, mignarde.   LYSETTE.

Non non, il tient encore à moy.

Peux-tu m'entretenir l'estat de Demoiselle ?

CLITON.

Que trop.

LYSETTE.

As-tu de quoy ?

CLITON.

N'en sois point en ceruelle,

LYSETTE.

I'en doute.

CLITON.

C'est à tort

ORONTE.

Va nous l'en plegerons.

LYSETTE.

Voyons conter l'argent, & puis nous parlerons.

FIN.

www.ingramcontent.com/pod-product-compliance
Lightning Source LLC
Chambersburg PA
CBHW071118260626
47162CB00006B/2368